KONFIDENZ

ARIEL DORFMAN

KONFIDENZ

Tradução de
MARCOS DE CASTRO

EDITORA RECORD
RIO DE JANEIRO • SÃO PAULO
1999

CIP-Brasil. Catalogação-na-fonte
Sindicato Nacional dos Editores de Livros, RJ

Dorfman, Ariel, 1942-
D749k Konfidenz / Ariel Dorfman; tradução de Marcos de Castro. – Rio de Janeiro: Record, 1999.

Tradução de: Konfidenz
ISBN 85-01-05254-X

1. Romance chileno. I. Castro, Marcos de. II. Título.

99-0443 CDD – 868.99333
CDU – 860(83)-3

Título original em espanhol
KONFIDENZ

Impresso no Brasil

ISBN 85-01-05254-X

PEDIDOS PELO REEMBOLSO POSTAL
Caixa Postal 23.052
Rio de Janeiro, RJ – 20922-970

EDITORA AFILIADA

Este livro é para María Angélica.
Ela sabe por quê.

Todo livro, e especialmente este, deve sua existência a muitas vozes que animam seu suposto autor.

Antes de tudo, como sempre, está a grande leitora de minha vida e obra, María Angélica, à qual este livro, como tantos outros, é dedicado.

Nunca vou esquecer a companhia de meu filho mais velho, Rodrigo, que um dia, quando falávamos deste livro, teve a lucidez de fazer a pergunta-chave que acabou dando sentido e orientação a este texto. E também a companhia de meu filho caçula, Joaquín, que fez e faz outro tipo de perguntas. *Konfidenz* também não existiria em seu estado atual sem o esmero, a devoção e o carinho de meus editores, um em castelhano e o outro em inglês, ambos — estranha coincidência — chamados João: Juan Forn e John Glusman.

Obrigado também a Margaret Lewis, minha assistente tão leal e eficiente, aos estudantes e professores da Universidade de Duke; e a Deborah Karl, Bridget Love e Raquel de la Concha, minhas agentes, que defenderam este projeto com tanta ferocidade em momentos em que essa coragem me fazia falta.

Do mesmo modo, contribuíram de forma crucial para

este livro a extraordinária fotógrafa americana Wendy Ewald; nossos amigos Jon Beller e Neferti Tadiar; a professora de literatura Alice Kaplan e, de forma inadvertida, meu amigo Peter Gabriel. Todos eles me ajudaram a entender, cada um à sua maneira, a história maior em que estão inseridos, a seu pesar e a meu pesar, os protagonistas não tão imaginários de *Konfidenz*.

Ainda não se disse a última palavra.

BERTOLT BRECHT

Sou um mentiroso que sempre diz a verdade.

JEAN COCTEAU

Mal a mulher entra no quarto 242, o telefone toca.

Ela não atende de imediato. Fica parada à porta, com a mala em uma das mãos e a chave na outra, examinando o quarto vazio, como se esperasse que outra pessoa surgisse do nada e atendesse.

O telefone continua tocando.

Vejo a mulher hesitar outro instante. Logo, subitamente atenta, deixa cair a mala, cruza o quarto e levanta o fone. Antes que possa falar, ouve a voz de um homem.

— Bárbara?

É uma voz que a mulher não conhece.

— Quem é?

— Um amigo de Martim.

— Que alívio. Estava começando a me preocupar. Por que Martim não me esperava no —*

— Mas o chofer estava lá.

— Estava, mas não tinha nenhum recado de Martim. Perguntei, mas ele parecia mudo. E a verdade —

*Em vez de ortodoxas reticências, o Autor usa singularmente um travessão quando a frase de um dos interlocutores é interrompida pelo outro. Assim, em todo o correr do longo diálogo telefônico — e nos demais diálogos — o leitor encontrará essa pontuação, estranha para fim de frase, entretanto mantida, para que fosse respeitado o modo original do Autor. (*N. do T.*)

— A verdade?

— Pareceu-me um pouco estranho que Martim me mandasse um carro. Não é exatamente o seu estilo.

— Eu mandei o carro, Bárbara.

— Não precisava ter se incomodado. Os tempos não estão para esses gastos.

— Certo, mas era importante saber que não teria problemas ao chegar. Sua saída já deve ter sido meio difícil.

— Não foi fácil.

— Mas afinal conseguiu sem problemas mais complicados.

— Meu pai tem ligações.

— Isso garante uma volta sem aborrecimentos?

— Por que eu teria aborrecimentos?

— Há pessoas que têm aborrecimentos.

— Não é meu caso.

— Alegro-me que seja assim. Sempre é bom poder voltar a seu próprio país.

— O senhor também é de lá?

— Não se nota pelo meu sotaque?

— As aparências enganam. É ou não?

— Agora não sou.

— Martim não me disse que tinha um —

— Um o quê?

— Um amigo como o senhor.

— Recebeu muitas cartas dele?

— Muitas.

— E em nenhuma —?

— Não.

— Melhor assim. Quero dizer, que ele não me mencionasse. Tinha outras coisas para escrever, claro.

— Não acho que isso venha ao caso. Mas bem que eu gostaria de saber onde está Martim agora.

— Não pôde chegar hoje a Paris.

— Onde ele está?

— A caminho.

— E pediu-lhe que se encarregasse de mim?

— Não exatamente.

— Então por que o senhor...? Quando ele vai chegar?

— Assim que puder.

— Olhe, senhor... Perdão, mas acho que não me disse seu nome.

— Pode me chamar de Leon.

— Significa que você não se chama Leon?

— Importa muito como alguém se chama? Aqui na França sou Leon.

— Olhe, senhor Leon, eu —

— Apenas Leon. Nada de senhor, por favor.

Bárbara não responde de imediato. Tem a sensação de que alguém a está olhando. Volta-se. Pela porta entreaberta, uma arrumadeira olha fixamente para ela enquanto finge fazer a limpeza do corredor.

— Espere um momento.

Vai até a porta. A arrumadeira não se altera. Continua espanando uma mesa que há no corredor e também olhando a mulher. Bárbara não lhe diz nada. Põe a mala para dentro e fecha a porta.

— Leon?

— Houve alguma coisa?

— Uma arrumadeira estava me olhando pela porta.

— Pela fechadura?

— Pela porta, eu a tinha deixado entreaberta quando —

— Essas francesas são muito metidas. Não ligue pra isso. Elas nos odeiam.

— Não sei o que faço neste hotel, se Martim tem um apartamento.

— Surpreendeu-se quando o chofer a deixou no hotel?

— Achei meio esquisito. Mas pensei que Martim, para encontrar-se comigo... O senhor sabe.

— Sim. Um bom lugar para encontros românticos.

— Claro que um romance precisa de duas pessoas. E, como Martim não está... O que eu queria era ir para o apartamento, o de Martim, digo, e esperá-lo lá.

— Sabe o endereço?

— Na verdade, não. Ele preferiu que eu lhe escrevesse para uma caixa postal, me dizia que —

— Que no edifício poderiam roubar a correspondência, não é?

— É. Escreveu-me isso, mesmo. Mas eu sei que o apartamento fica na rue des Cannettes. Claro que o senhor, que parece saber tanto sobre ele, tem de conhecer —

— E se ele já não morar lá?

— Martim não me disse que tinha se mudado.

— Mudar não é a palavra que eu usaria.

Bárbara espera um momento. Numa igreja próxima, começa a tocar um sino e, entre uma badalada e outra, ouve-se a agitada batida das asas de um pombo contra a janela do quarto. Finalmente, ela fala:

— Olhe, Leon, não precisa continuar dissimulando para mim.

Alguma coisa parece mudar na voz do homem.

— Não sei a que se refere.

— Aconteceu alguma coisa, não aconteceu?

— Com quem?

— Com Martim.

— Ah!

— Não precisa fingir mais. Sei que houve alguma coisa. Por isso eu vim. Se não, jamais teria... Não gosto de deixar os —

— É, Martim me contou que a senhorita trabalha com meninos. Trouxe algumas fotos?

— Algumas. Por que pergunta?

— Por nada. Gostaria de ver o que eles vêem. A cidade, por exemplo, como eles a vêem.

— São muito talentosos. Tomara que possam continuar nestes dias por conta própria, até que eu —

— Tenho certeza de que vão se arranjar perfeitamente sem a sua presença.

— Não, não. Eles precisam de mim. Mas, quando recebi esse aviso tão urgente de Martim, pensei que —

— Vida ou morte.

— Isso mesmo. Foi o que ele me escreveu: um assunto de vida ou morte. Está doente? Sofreu um acidente?

— Martim está bem. Garanto.

— Isso não está certo. Ele está em perigo?

— Que tipo de perigo?

— Vivemos tempos perigosos, Leon. Não lhe parece?

— Podia ser pior. Se se declarasse a guerra.

— Então, Martim...

— Prefiro dizer que Martim está precisando de ajuda. E, se não o ajudarmos, aí, sim, verdadeiramente pode correr perigo. Mas por ora não corre.

— Ajudarmos? Quem?

— Nós. A senhorita e eu. Não creio que Martim tenha alguém mais no mundo que possa ajudá-lo.

— Perdoe-me, Leon, mas isso não pode continuar assim.

— Isso o quê?

— Esta conversa. Preciso vê-lo para poder... Estou no quarto 2 —

— 242. Eu sei. Fui eu que fiz a reserva no hotel. E também fui eu que lhe mandei a passagem.

— Quem me mandou a passagem foi Martim.

— Posso assegurar que fui eu.

— Quem é o senhor?

— Já disse. Um amigo de Martim. Alguém em quem se pode confiar.

— Então por que estamos falando assim? A menos que... O senhor me viu? Sabe quem eu sou, como sou?

— Conheço a senhorita.

— Quando cheguei senti que havia alguém mais, que alguém mais estava me olhando. Talvez mais de uma pessoa.

— Mais de uma pessoa?

— Vigiando. Era o senhor?

— Não vou lhe mentir. Era eu.

— E por que não se —?

— Antes de me apresentar, quero que tenha tempo de me conhecer um pouco melhor. Quero que entenda que, para salvar Martim —

— Salvá-lo! Mas o senhor disse que ele não estava em —

— Disse que não. Mas, se a senhorita não cooperar, alguma coisa terrível pode acontecer. Corrijo: definitivamente acontecerá uma coisa terrível. Há gente que... Mas disso falaremos mais tarde.

— Martim nunca se meteu em... encrencas. Nunca.

— Eu a estou achando excessivamente nervosa, Bárbara. Quero que desfaça suas malas. No banho achará seu perfume preferido, o sabão de que gosta, tudo de que precisa. Tome uma ducha, mude de roupa e eu lhe telefonarei em... digamos, dentro de meia hora.

— Não, não. Conte-me agora.

— Daqui a meia hora.

— Espere. Não desligue, não desligue. Como posso saber se voltará a me telefonar, como posso ter confiança em —?

— Ouviu minha voz, não é? A senhorita sabe dessas coisas. Há alguma coisa na minha voz que indique que eu poderia fazer-lhe algum mal?

— Não.

— Está falando com sinceridade?

— Estou. É uma voz... especial.

— Não sabe quanto me alegra ouvir isso. Ligarei daqui a meia hora.

Um clique e em seguida o longo, insistente ruído de discar. Vejo a mulher ficar demoradamente assim, com o fone no ouvido. Depois desliga e deixa que seus olhos passeiem pelo quarto 242. Está tão vazio como antes.

(Creio que alguém espia essa mulher e esse homem. Ou melhor: tenta espiá-los. Creio que outra pessoa, que não sou eu, tenta escutar, vigiar. Alguém que tem planos. É um homem. É a única coisa que sei, por enquanto: que é um homem, e que não sou eu.

Não estou inventando esta história. Eu a estou descobrindo, passo a passo, como um leitor, talvez uma leitora, e não como alguém que sabe de antemão o que vai acontecer e pode determinar o curso dos acontecimentos a seu gosto. Como se esse homem e essa mulher existissem independentemente de minha imaginação, como se existissem — sim, mas onde? — ainda que eu não estivesse transcrevendo este texto, que esse homem e essa mulher já escreveram com seus corpos. Por isso, às vezes, tudo flui como se fosse impossível eu me equivocar, como se eu fosse o mero intermediário casual dessa dupla longínqua, apenas seu secretário.

Ainda que eu não esteja inventando quem eles são, ou por que ele a trouxe a Paris, de todo modo acabarei responsável pelo que vão passar. De modo que cada palavra que registro tem de ser a palavra exata, o que esse homem disse a essa mulher, a resposta dela. Como se isto fosse um documento, e eu um historiador ou um redator remoto.

Não estou só nesta tarefa. Sinto a presença de alguém mais. Quando me pergunto que coisas se disseram verdadeiramente esse homem e essa mulher, sinto como se suas vozes estivessem abafadas.

Nesses momentos fico certo de que existe outra pessoa. Alguém que não sabe de minha existência, mas que, como eu, vigia os dois para adivinhar suas palavras, para saber quem são e o que vão fazer.

Dele, como disse, não sei nada. Nem sequer tenho certeza de que exista. Mas sei, sim, que, se existir, esse homem não tem interesse em escrever esta história.

Tem outros planos.)

Foi tão rápida que quase tirou o fone do gancho antes que o telefone tocasse.

— Bárbara?

— Sim.

— Está em posição confortável?

— E isso lhe importa muito?

— Bastante. Prefiro que não fique em pé.

— Como sabe que estou de pé?

— Se se recostasse na cama, estaria melhor.

— Não tenho a menor intenção de recostar-me na cama.

— Por favor, Bárbara. Sabe que lhe fará bem recostar-se. Desde que não vá amassar seu vestido azul. Está melhor assim, não?

— Como sabe que meu vestido é azul?

— Acha que alguém me contou?

— Martim? Mas ele jamais se liga em —

— Vai me negar que sua cor preferida é o azul?

— Pode esperar um momento?

A mulher fica em pé, vai até a janela e olha para fora. Do outro lado da rua, na altura do segundo andar, há um andaime de construção. Quando ela chegou ao hotel, há menos de uma hora, quatro operários estavam trabalhando ruidosamente na reforma de um edifício. Já não estão lá. Deve ser a hora de descanso. Bárbara fecha as cortinas com energia. O quarto 242 se escurece. Um raio de luz, fino, quase inexistente, filtra-se entre as cortinas. Não a vejo acender a lâmpada. Retoma, sim, o telefone. Antes de falar, entretanto, volta a recostar-se nos travesseiros. A seu lado, vejo uma máquina fotográfica.

— E por que lhe importa tanto a cor do meu vestido?

— Sempre importa saber como está vestida a pessoa com quem se fala.

— Você sabe como estou vestida e eu, em compensação, nem sequer sei seu nome, seu verdadeiro nome.

— Infelizmente não posso dizê-lo, por ora.

— Mas poderá me dizer sua idade?

— Depende.

— Depende de quê?

— A maioria conta sua idade a partir do dia do nascimento. Eu não. Eu, na verdade, comecei a existir mais tarde.

Ela não diz nada. Ele espera. Depois pergunta:

— Não quer saber quantos anos mais tarde?

— Se quiser contar...

— Doze. Algo de especial aconteceu comigo aos 12 anos.

— Que foi?

— Acho que a senhorita sabe algumas coisas sobre os meninos dessa idade.

— Por que diz isso?

— Como os meninos com que a senhorita trabalha têm quase todos 12 anos, pensei que entenderia que há coisas especiais que se passam com alguém dessa idade.

Outra vez os dois ficam calados, ela esperando que ele tome a iniciativa, ele apenas esperando. Novamente é ele que rompe o silêncio.

— A senhorita se aborrecerá se eu fizer uma pergunta?

— Por que haveria de me aborrecer?

— Não quero que se ofenda.

— Não me ofendo facilmente.

— Então, diga-me uma coisa: quando Martim lhe dizia que era a mulher dos sonhos dele, o que sentia?

De repente, lá de fora, volta o barulho dos martelos. Os operários da obra retornaram ao trabalho. Ela espera um instante mais, escutando atentamente, e então diz:

— Martim nunca me —

— Por favor, Bárbara. Os dois sabemos que Martim lhe disse essa frase, e pode ser que outros homens também. *A mulher dos meus sonhos.* Todos os homens recorrem a essa frase com alguma mulher. Como quando dizem: *Eu a quero todinha, meu amor*; ou, para outros homens: *Meu caro, eu a teria comido ali mesmo.* Uma triste metáfora digestiva para o sexo. Mas é mentira. São palavras ao vento. Os coitados não sabem o que é sonhar de verdade com uma mulher. Bárbara, está me escutando?

Ela não diz nada. Parece estar esperando que ele prossiga, mas ele se cala. Bárbara brinca com a lente de sua máquina, movendo-a lentamente, ida e volta. Depois de um longo tempo, ele diz:

— Bárbara?

— Sim.

— Está lhe acontecendo alguma coisa?

— Está.

— O que é que está havendo?

— Estou com medo.

— Não devia ter medo.

— Escute, Leon, ou como quer que se chame: a verdade é que eu estou numa situação delicada. Não falo francês, e meu único contato com este país é um homem que diz ser amigo de Martim sem dar disso uma só prova, sem que se tenha dignado a me mostrar sua cara e que nem me disse seu verdadeiro nome. Se não fosse porque Martim me pediu que viesse com urgência, voltaria a meu país amanhã mesmo. Mas ele me pediu que —

— Que não avisasse a ninguém. Que dissesse a todo o mundo que ia a Roma. Sei exatamente o que lhe dizia o recado de Martim.

— Como é que sabe?

— Porque li essa carta. Li todas as cartas.

— Todas?

— Todas.

— E pode-se saber com que direito?

— Estou encarregado dele. É o que fazem os encarregados nesses casos.

— Não compreendo.

— Não compreende o quê?

— Isso de estar encarregado de —

— Por favor, Bárbara. Não precisa fingir comigo.

— Não estou fingindo.

— Faz bem em fingir que não sabe. Ainda que saber, o que se chama realmente saber, é claro que não sabe. Mas o próprio Martim comentou comigo que a senhorita suspeitava que ele não estava aqui estudando arquitetura, mas metido em... A senhorita sabe.

— Não sei de que está falando.

— Vamos, Bárbara. Por acaso não perguntou a Martim, antes de viajar para cá, se ele não estava fazendo outra coisa? Estas foram suas palavras exatas: "Bárbara me perguntou se eu não estava fazendo outra coisa na França." E, cheio de vergonha, Martim teve de mentir para a senhorita. Foi culpa nossa. Quero que saiba que ele lhe teria contado tudo, mas estava expressamente proibido por nós que seus pais, sua namorada ou seus amigos soubessem realmente o que Martim fazia aqui.

— E o que fazia ele?

— A senhorita sabe.

— Não sei.

— Não sabe o quê?

— Jamais perguntei a Martim se fazia alguma outra coisa na França. Nunca falamos disso.

— De quê?

— De política.

— E da guerra?

— Não vai haver guerra.

— Vai haver guerra, sim.

— Martim e eu tentávamos não falar dessas coisas. De política.

— Então por que Martim teria me contado que a senhorita falou de suas suspeitas antes da partida dele?

— Seria para impressioná-lo, para que não acreditasse que ele queria se casar com uma mulher hostil a seus ideais, ao que... Mas esta é uma conversa absurda. Se fosse verdade o que o senhor diz de Martim o senhor não estaria falando nisso assim, por telefone, com uma pessoa desconhecida.

— Primeiro, quero que saiba que para a senhorita

não é o que eu chamaria de uma desconhecida. E que tenho toda a confiança do mundo na senhorita. E que —

— Não sabe o quanto lhe sou agradecida.

— Por favor, o sarcasmo não lhe fica bem.

— Martim também disse que sou sarcástica?

— E segundo: esse hotel se gaba de garantir a privacidade de seus hóspedes. Ninguém nos pode ouvir.

— Não acredito.

— Sabemos fazer bem nossas coisas. Para que se tranqüilize de todo, eu lhe direi que sou o único em Paris que sabe o verdadeiro nome de Martim. Todos os outros o conhecem como Hans.

— Hans?

— Seu nome de guerra.

— Esta conversa está ficando perigosa.

— Estranho. Martim tinha me dito que a senhorita era uma mulher sem medo. O que está fazendo com aqueles meninos, por exemplo, por muito que conte com a proteção de seu pai... Dar-lhes liberdade para tirar essas fotos no clima paranóico que atualmente existe em... Martim me disse que a senhorita gosta do perigo, que às vezes se expõe a riscos desnecessários simplesmente para ver se é capaz de enfrentá-los sem alterar o ritmo de seu coração.

— Ele não pode ter... Martim jamais falaria de mim com um estranho, jamais contaria coisas tão íntimas.

— Martim me contou tudo sobre a sua pessoa, Bárbara.

— Que coisas ele contou?

— Coisas suas. De sua vida.

— De meu corpo?

— Contou.

— Contou o que do meu corpo?

— Seus peitos.

— Martim jamais pode ter dito —

— A senhorita nunca usa sutiã. Gosta de sentir o roçar da blusa sobre o bico dos seios. Mas gosta mais de sentir o vento. Ficar sem blusa, quando pode.

— Que mais lhe contou?

— O calor de seus peitos. Como se sempre estivessem acabado de estar ao sol.

— Que mais?

— Sobre seu clitóris. Que não gosta que os dedos de um homem lhe toquem o clitóris.

— Filho da puta.

Bárbara deixa o telefone e vai até o outro extremo do quarto. Busca seu rosto no espelho, enfrenta seus olhos, respira profundamente e volta para a cama, pega o telefone.

— Preciso falar, preciso falar agora mesmo com Martim.

— Não o culpe, Bárbara. Nós o forçamos a fazê-lo. A ele e aos outros. Por sua própria segurança. Contou essas coisas a mim porque Willy —

— Quem é Willy?

— O encarregado originalmente de receber Martim em Paris. É meu melhor amigo. Que precária a existência humana, hem! Se um deplorável estafilococo órfão não entrasse no pulmão de Willy, eu hoje não saberia nem o nome de Martim, e a senhorita não estaria em Paris, e ele não teria quem o salvasse... Mas Willy foi hospitalizado numa emergência no Hospital Marmottan na mesma manhã em que Martim... foi por isso que Wolf —

— Sem dúvida outro nome de guerra, não?

— Vivemos tempos de guerra. Wolf tinha me falado da emergência hospitalar porque em algumas horas mais chegaria de nosso país um tal Hans. Precisei recebê-lo, ainda que já tivesse sido minha a tarefa de receber os dois anteriores e que eu já estivesse com muito trabalho programado. Quase tanto como quando vivia em —

— Que tipo de trabalho?

— Bem, lá eu trabalhava num jornal.

— Que jornal?

— Fecharam-no há seis anos. Duvido que a senhorita o tenha conhecido. Era muito jovem quando o —

— Minha escola ficava defronte de um jornal.

— Não gosto de falar nisso, Bárbara.

— Entendo. E o que faz aqui?

— Falo muito bem francês, mas não posso exercer a profissão de jornalista. Vivo de uma pequena bolsa para pesquisar os ritos nupciais dos hebreus, como forma primitiva de fazer jornalismo.

— Você é judeu?

— Não. O que tem isso?

— Não entendo quem pagaria para que o senhor, não sendo judeu —

— É uma pesquisa de mentirinha. Os que pagam esse dinheiro sabem que o uso para outras atividades. Como, por exemplo, receber o seu Martim. Mas o dinheiro é tão pouco que não dá para nada. Se não fosse pelo trabalho de Cláudia —

— Cláudia?

— Minha mulher.

— Tem mulher?

— Agrada-lhe saber que tenho mulher?

— Na verdade, agrada.

— Por que desconfia de mim?

— Que quer que eu responda?

— A verdade. Diga-me sempre a verdade.

— Então, sim, desconfio.

— Acha que estou tentando arrancar da senhorita informações sobre Martim, tentando comprometê-la?

— Já disse: não tenho a menor idéia de quem o senhor é. Não sei se conhece Martim. Nem sequer sei se existe essa tal Cláudia.

— Por sorte, Cláudia existe.

— E como ela ganha a vida?

— Prefiro não falar sobre isso.

— E eu prefiro desligar, uma vez que o senhor não me responde uma única das —

— Perdoe se a interrompo. Está de sapato?

— Não vejo que —

— Acho-a demasiado tensa. Quando os sapatos lhe ficam um pouco apertados, a senhorita fica assim. Se os tirar e relaxar —

— Se não quer que eu fique tensa, deixe de falar de minha roupa ou de minha personalidade, assuntos que desconhece totalmente, e responda-me de uma vez. Como sua mulher ganha a vida?

— Por que tanto interesse?

— Quero detalhes, Leon, muitos detalhes. Para ter certeza de que está me dizendo a verdade.

— E se eu der milhares de detalhes e todos forem falsos?

— Acabará sempre por se trair. Quando se trabalha há tanto tempo com meninos... Quando não querem dar detalhes, é porque estão mentindo.

— Não queria que ficasse com má impressão de Cláudia. No exílio, as pessoas terminam fazendo coisas que nunca imaginaram que fariam. Talentos que tínhamos em nosso país e que serviam para nos divertir ou nos distrair ou... Cláudia sempre cozinhou às mil maravilhas. Melhor que uma profissional, melhor que uma francesa. Mas essa não é sua profissão. Era advogada. Quando chegamos a Paris, nosso pessoal a encarregou dos jantares de solidariedade. Foi assim que conhecemos Antoinette Sèvres. Eu estava servindo a mesa dela: uma gorda imensa que havia limpado até a última gota de molho em seu prato e olhava de banda e com apetite o prato ao lado. Antoinette —

— Espere. É o verdadeiro nome dela?

— É, sim.

— E por que milagre está me dando um nome real?

— Porque a esta altura já dá no mesmo que a senhorita o saiba. Mas me lembro como, na hora da sobremesa, senti uma imensa mão que me agarrava a manga da camisa e uma voz tão doce e suave que não condizia em absoluto com o volume do tórax, uma voz me sussurrando que por favor a apresentasse à cozinheira porque queria felicitá-la. Quando Cláudia apareceu, Antoinette lhe disse que tinha uma proposta a fazer-lhe, mas só podia explicar quando seu pai, que naquele momento agonizava, morresse. Eu a estou aborrecendo?

— Continue. Com detalhes.

— Um mês depois fomos ao enterro do pai dela. À medida que baixavam o caixão à terra, ela ia dizendo baixinho, já que quer detalhes: "Agora a vida será um banquete perpétuo, papai." E virou-se para nós, perguntando a Cláudia se estaria disposta a enviar-lhe todo dia a domicílio três pratos deliciosos, no café da manhã, no almoço e no jantar. Com ingredientes sempre puros e naturais. Cláudia vacilou. Afinal, estávamos num cemitério. Antoinette pensou que o problema era financeiro e acrescentou: "Como pode ver, acabo de concretizar minha condição de herdeira." Como Cláudia continuasse sem responder, Antoinette adoçou sua proposta prometendo uma bonificação por cada prato que apreciasse especialmente.

— Com isso, acabou por convencer sua mulher?

— Era um bom dinheiro; e as sobras da comida dariam para nós dois e talvez para mais algum refugiado. Quanto à bonificação, na verdade Cláudia estava cética. Considerava Antoinette uma avarenta. Tinha certa razão: não foi tão fácil conseguir a feliz bonificação. Já no segundo dia, Antoinette tinha redigido uma lista de sugestões e perguntas sobre o *menu* do dia anterior. Mas acredito que esse era um modo de tentar se aproximar de mim, coitadinha.

— Coitadinha? Aconteceu alguma coisa com ela?

— Acho que a senhorita não quer saber.

— Que tal deixar que eu decida?

— Muito bem, como quiser. Mataram Antoinette. Faz pouco mais de uma semana.

— Quem a matou?

— Não sabemos. Simularam um roubo. Mas ladrões não costumam ser tão selvagens com... Para mim, foi a mesma gente que está atrás de Martim.

— Quem está atrás de Martim?

— Dois homens. Acho que são os assassinos de Antoinette.

— O que fizeram a Antoinette?

— Isso não vou dizer.

— Por que não?

— Uma mulher que eu... aprecio muito aconselhou-me há muitos anos a não descrever nunca uma pessoa morta. Disse-me que a morte se repete através das palavras. É responsabilidade nossa negar uma linguagem à morte.

— Parece uma mulher sábia.

— Tenho muita sorte de a ter conhecido.

— Está em Paris?

— Está, sim.

— E me engano se pensar que ela é muito importante para o senhor?

— Devo a ela tudo o que sou.

— E Cláudia, que diz dessa sua... relação.

— Cláudia não sabe nada sobre ela. Ninguém sabe.

— Você trai Cláudia com ela?

— Nunca traí Cláudia.

— Cláudia é muito bonita?

— Extraordinariamente bonita.

— E essa outra mulher é... refugiada?

— Não exatamente.

— Como se chama?

— Susana. Gosta que a chamem assim.

— Susana?

— É.

— E que diz Susana sobre a morte de Antoinette?

— Não diz nada.

— E sua morte... a de Antoinette, digo, não poderia ter sido... não poderia ter outras motivações? Quero dizer, não relacionadas com Martim.

— É possível. Mas há outros fatores que indicam

uma conexão. Dois homens que foram vê-la eram suspeitamente parecidos com uma dupla que há tempos tem estado vigiando o apartamento da rue des Cannettes, tentando levantar informações sobre Martim e os outros. Posso reconhecê-los. Até os segui um dia. Foram eles, tudo indica, que interrogaram Antoinette. Ela própria me contou.

— Confiava no senhor?

— Creio que eu era o único amigo seu. Eu lhe levava os pratos de comida todos os dias. Não é a primeira vez na minha vida que, para evitar intimidades, faço papel de intermediário.

— Como comigo?

— A senhorita não é como Antoinette, Bárbara. Já lhe disse: diferentemente da senhorita, ela acreditava totalmente em mim. Estava muito só. Dizia que gostava de estar só, que não queria companhia, mas acabei me dando conta de que, embora dissesse isso, queria mesmo é que eu ficasse. Seu pedido de comida era um pedido de auxílio, uma tentativa de fazer contato com alguém.

— E esse alguém era o senhor?

— Era. E ela terminou sendo muito generosa com a causa. E comigo.

— Com o senhor?

— Talvez não lhe devesse contar isso, mas é com dinheiro de Antoinette que estou pagando o hotel, sua passagem, o carro, tudo.

— Ela soube que era para —?

— Para uma emergência.

— E o senhor só disse isso, sem mais nada?

— Quer saber mesmo?

— Por que me pergunta sempre isso? Se eu não quisesse saber, não perguntaria.

— Está bem, está bem. Ocorre que as pessoas sempre têm confiança em mim — exceto a senhorita, claro. Susana dizia —

— Susana, a outra mulher?

— Susana dizia que sou como um massagista da alma; as pessoas intuem que sou incapaz de fazer-lhes mal. Contam-me tudo, suas penas, suas ânsias, seus segredos, e eu respondo como uma esponja humana, aliviando-os da dor. Antoinette não foi uma exceção.

— Então você foi seu pequeno cáften.

— Isso é desnecessariamente cruel, Bárbara.

— Talvez o senhor me conheça menos do que pensa. Digo as coisas como são: o senhor tirava dinheiro dessa infeliz —

— Não era por dinheiro. Achava encantador ficar umas horas com ela. Era como um refúgio do mundo: os dois trocando opiniões enquanto ela comia, sentada majestosamente na cadeira que tinha sido de seu pai. Claro que ouvia suas queixas, mas, novamente não vou mentir para a senhorita, sabia que no dia seguinte, em vez de uma lista de lamentações, teria um cheque suculento. A famosa bonificação. Supostamente porque ela tinha gostado do molho de —

— Mas para conseguir o dinheiro de minha viagem o senhor teve de fazer algo mais do que conversar, não?

— Já que me pergunta: sim.

— É tão importante para o senhor salvar Martim?

— Salvar Martim e salvá-la.

— Eu não preciso de que me salvem.

— Tomara que esteja certa, Bárbara.

Vejo-a respirar profundamente, baixar o fone e voltar a apoiá-lo junto à cabeça.

— E Martim, o que disse quando conheceu Antoinette?

— Nunca a conheceu, embora eu falasse dela. Tinha curiosidade de saber como sobrevivíamos.

— Martim soube o nome verdadeiro de Antoinette?

— O nome, não. Mas... Várias vezes durante o tempo em que permaneceu em Paris levei-o até nosso bairro e o deixei sorvendo um bom *crème* no café da esquina enquanto ia entregar a comida a Antoinette. Era melhor que Cláudia fosse lá o menos possível. Porque às vezes Cláudia resmungava em nossa pequena cozinha, insultando Marie Antoinette — era assim que a chamava. E rosnava que ia cortar-lhe o pescoço se continuasse se queixando.

— Tinha raiva dela?

— Dizia que dez prisioneiros de Dachau viveriam um mês com o que Marie Antoinette gastava em um *canard à l'orange*, e recitava todas as tristezas e tragédias deste século, enquanto picava o cominho, batia ovos e fervia os *collards*.

— Tinha ciúmes.

— Quem?

— Sua mulher. Tinha ciúmes, porque o senhor passava tanto tempo com Antoinette, porque ficava horas falando com ela ou escutando-a. Você é bom para escutar, não é?

— Gosto, é verdade.

— E também para falar. Como agora, comigo.

— Foi a senhorita quem me pediu detalhes.

— Mas não são detalhes o que o senhor está dando,

são contos, elaborações, contos dentro de contos. É a velha tática de Xerazade.

— A tática de... Estamos falando das *Mil e uma noites*?

— Isso mesmo.

— E o que tem a ver a tática de —?

— Tal como Xerazade, o senhor está tentando me enredar com contos.

— Por que faria isso?

— Para ir postergando alguma coisa. E direi mais: tal como ela, o senhor tem medo.

— Pensei que a senhorita é que tinha medo.

— Tenho. Mas o seu é outro tipo de medo. Penso que —

— Sim?

— Que tem medo de mim.

— Duvido que vá cortar o meu pescoço, como o califa que ameaçava Xerazade.

— Vamos ver.

— Posso pedir um favor? Como estamos nestes termos, poderíamos...? É muito difícil para mim tratá-la assim, tão formalmente. E se nos tratássemos por você?

— O senhor quer que nos tratemos por você e eu quero... É de informações que verdadeiramente preciso.

— Pergunte-me e lhe prometo responder o melhor que possa.

— Sem histórias ou contos?

— Sem histórias.

— Está bem. Interessa-me sua relação com Martim. Entretanto, não entendo em que consiste esse trabalho que você faz com... Você recebe Martim, e depois?

— Despacho-o para outro país para que vá treinando e trabalho no sentido de assegurar que sua gente, sua família, seus amigos...

— Sua amante.

— ...especialmente sua amante, se é que a tem, não suspeitem. Convençam-se de que tudo foi uma coisa inocente.

— E, no entanto, parece que alguém suspeita que Martim é membro de —

— Membro de...?

— Não quero falar disso por telefone. O que sei é que, se vocês são o que dizem ser, não fizeram muito bem seu trabalho. Se há gente que está atrás de Martim para —

— Mas não é que eu tenha feito mal meu trabalho, Bárbara. Você, que o conhece tanto, não se deu conta de que ele estava fora de Paris nestes dois meses, não é isso?

— Enganar a mim é mais fácil do que enganar a —

— Martim pôde encher suas cartas de falsas referências a ruas verdadeiras, de visitas inexistentes a restaurantes realmente existentes, porque fui construindo para ele, em uma semana, em uma breve semana, uma ficção completa do que seria sua vida em Paris. Não é fácil conseguir que um combatente totalmente ignorante viva Paris a fundo em uma semana. Nada fácil, eu lhe garanto.

— Você não sabe a pena que me dão: você e Martim batendo perna pelas ruas de Paris.

— Nada de bater perna: correr sem trégua para recolher material que lhe servisse para o resto do ano. É como uma dessas noites de amor que não vão se repetir jamais e cuja lembrança vai durar mais que uma vida.

— Poupe-me de sua poesia, Leon. Já me basta a de Martim.

— Não gostava do que Martim lhe escrevia?

— Mentiras.

— E aquela carta em que Martim, não sei se você lembra, descrevia sua visita ao Louvre —

— Lembro.

— Achei que se lembraria. A Vênus de Milo, por exemplo: o que mostra e o que promete esse torso, que sabe o que quer e não pode conseguir, o corte abrupto desses braços e dessas coxas, a cálida mulher que serviu de modelo, morta há milhares de anos, mas pronta a fazer amor, pronta a amar para além das mutilações do tempo, para além da pedra, para —

— Basta.

— Por quê? Você não gosta?

— São palavras que Martim escreveu para mim. Você não tinha o direito de lê-las, muito menos de memorizá-las.

— Que há de mentiroso nessa carta? O que importa é que a estátua existe, assim como você existe com seu corpo, e as palavras existem para estabelecer uma conexão entre duas mulheres assim. A única mentira é a vida de Martim aqui. Ou não?

Bárbara não diz nada. Espera que ele prossiga.

— Quando ele lhe escrevia da rue des Cannettes, quando lhe falava da cor da colcha, da maneira pela qual o sol parisiense, que tanto seduziu os impressionistas, filtrava-se pelos vidros sujos, quando lhe falava dos ruídos que subiam da rua estreita como por um tubo, do cheiro de alho dos bistrôs lá embaixo —

— É, ele me descreveu exatamente isso. E como!

— Tudo estava certo na descrição, tudo isso ele viveu nesse apartamento que um simpatizante francês nos emprestava para que nossos combatentes pudessem recordar uma experiência real quando estivessem longe. Para enganar com elegância, como me disse Susana uma vez, é preciso rodear-se de verdades parciais.

Por um longo tempo ela não disse nada. Da rua sobe a voz de uma mulher que ralha com um menino num idioma desconhecido, não é francês nem a língua de Bárbara. O menino começa a chorar.

Finalmente, ela fala:

— Então você conhece Martim a fundo?

— A fundo é um certo exagero. No princípio, conhecia só a "superfície" de sua identidade, os fatos que estavam no dossiê que Martim preparou antes de sair — pais, vacinas, excursões às montanhas, amigos do colégio que não tinham chegado à juventude. Depois, pouco a pouco, fui extraindo dele dados mais recônditos, durante a semana que passamos juntos. Quase como se fosse seu padre confessor.

— Coisas minhas?

— Muitas coisas.

— Que coisas?

— Tudo.

— Que coisas?

— Tudo. Seus gostos, suas palavras favoritas, a proteção que lhe dá seu pai, a morte de sua mãe, o dinheiro que lhe deixou, o uso que você deu a esse dinheiro, o trabalho que está fazendo com os meninos, como consegue que tirem fotos de seus sonhos... Tudo.

— E ele, que sabia de você?

— Nada.

— Nem seu nome verdadeiro?

— Nada.

— Por motivos de segurança?

— Isso mesmo.

— Gosta disso, hem? Conhecer a vida privada dos outros —

— Neste mundo, a vida privada é uma ilusão, Bárbara. Quando se tortura alguém, não resta vida privada para ninguém.

— Mas você gosta de saber tudo sobre os outros e que eles não saibam nada de você, hem?

— Não, não gosto disso, em absoluto. Se você soubesse a vontade que tinha de contar a Martim alguma coisa de mim, juntar para ele os pedaços de minha vida.

— Mas para mim está contando.

— É verdade.

— Por que para mim?

— Não é a primeira vez.

— Não entendo.

— Não importa.

— Diga-me.

— Eu corrigia as cartas de Martim. As de todos eles, na realidade.

— Por quê?

— Antes de redespachar com selo francês as cartas que Martim ou qualquer outro de meus combatentes escrevia, eu as lia e observava, por exemplo, se não estariam equivocados quanto ao clima que tivéssemos tido em Paris, ou muitos outros detalhes que pudessem trair o fato de que eles não estavam aqui. E então fazia a correção ou acrescentava alguma coisa. Se houvesse uma emergência, tínhamos montões de papéis assinados por

Martim e pelos outros, para que pudéssemos... Digamos que viesse algum parente de visita. Não são muitos, certo, pois sair de nosso país não é fácil. Mas aconteceu uma vez com um tio de Franz, a quem tivemos de mandar uma notinha de emergência dizendo que Franz estava viajando pela Itália, para que ele não estranhasse a ausência.

— E esses parentes não se davam conta da substituição na correspondência?

— O contexto vale 90 por cento da verossimilhança. Quero dizer que quando aquele tio abriu uma carta chegada de Paris, assinada por Franz, cheia de detalhes sobre sua vida aqui, nunca lhe ocorreu que pudesse ser outra pessoa que lhe escrevia. O contexto. E, claro, também a ingenuidade. As pessoas acreditam no que querem acreditar.

— Às vezes não.

— Você se deu conta, no caso de suas cartas?

— E se seu lhe dissesse que... que me dei conta de alguma coisa?

— De quê?

— Alguma coisa.

— Tem certeza?

A resposta dela demora, como se ela não estivesse naquele hotel da França, mas em outro lugar.

— Não — diz ela.

Agora é ele que não responde.

— Deve ser sua imaginação — diz, finalmente.

— Talvez.

— Seria difícil que você descobrisse alguma coisa. Porque, em seu caso, há mais uma razão. Vou... vou contar algo que ninguém sabe.

— Seu nome verdadeiro?

— Não. Vou contar uma coisa que aconteceu comigo faz tempo.

— Quantos anos tinha?

— Acabava de fazer 12. Tinha um irmão mais velho. Esse irmão me protegia de... Os meninos maiores do nosso colégio tinham gana de mim.

— Gana?

— Queriam bater em mim. Encasquetaram com minha cara. Há caras que despertam vontade de levar uns tapas. Um dia meu irmão não pôde mais me proteger. Teve de deixar o colégio, e eu fiquei sozinho. Ou estaria realmente sozinho se não descobrisse, graças a Susana —

— De novo ela!

— Isso mesmo, ela outra vez.

— Há quantos anos a conhece?

— Desde a noite em que fiz 12 anos. Por sorte. Porque descobri, graças a ela, que podia "comprar" proteção contra os valentões do colégio. Você deve conhecer gente que é capaz de imitar vozes. Bem, eu sou capaz de imitar a escrita das pessoas.

— De modo que, além de violar correspondência particular, é um falsificador.

— Não gosto dessa palavra, ainda que deva reconhecer que, no princípio, não fui mais do que um vulgar copiador de destreza mediana. Os professores mandavam comunicações advertindo sobre conduta ou má aplicação, e eu acusava recebimento falsificando a assinatura dos pais. Mas não tardei muito a superar essa etapa de mero plágio e passar, também a instâncias de Susana, à ofensiva, compondo cartinhas com desculpas mais elaboradas, e até sugestões. Graças a mim, muitos colegas puderam faltar ao colégio sem problemas.

— E nunca ninguém desconfiou de nada?

— Nunca. Um dia o diretor do colégio mostrou a meu próprio pai uma nota um tanto insolente que eu havia escrito em nome dele, meu pai, protestando por causa de umas péssimas salsichas lá servidas. Meu pai reconheceu que tinha escrito a nota, mas depois me confessou que sua memória devia estar falhando, porque não se lembrava de ter redigido nada parecido, se bem que a carta estivesse escrita exatamente como se ele a tivesse feito. Era dele. Aí me dei conta de que Susana tinha razão: o que eu imitava, mais que o traço da letra, era o estilo, o modo habitual de expressão das pessoas quando estão diante de uma folha de papel. A alma.

— Acredita na alma?

— Não.

Os dois riem ao mesmo tempo e logo se calam.

— E por que precisou de sua Susana para descobrir esse seu talento camaleônico?

— Eu não tinha mais ninguém no mundo. Ninguém que eu conhecesse , ou que se importasse comigo. Susana me disse que eu era uma esponja da dor alheia: "Use isso, projete-se sobre os demais, descubra o que você pretende, defenda-se."

— Se tem tanta habilidade, pode saber o que sinto agora, ou não?

— Sobre o quê?

— Sobre o fato de que me tenha espionado sem meu consentimento, de que tenha violado minha vida particular.

— Já lhe disse que a vida privada num mundo como

o nosso é uma ilusão, Bárbara. Ou você acredita que esses homens que governam nosso país respeitam a vida privada? Se apanham Martim —

— E se eles espionam quer dizer que também você pode espionar?

— Posso. Para sobreviver no mundo que eles criaram, posso.

— De maneira que você tinha Martim em suas mãos?

— Não entendo.

— O destino dele. A vida, a morte dele dependiam de você.

— De mim tanto quanto dos outros. Não mais nem menos de mim do que dos outros.

— E a ele não restava alternativa senão ter total confiança em você.

— Não gosto de que fale dessa maneira.

— Responda-me: tinha outra alternativa?

— Não.

— Imagino que sem confiança é impossível que vocês possam enfrentar seus inimigos, não é? Quer dizer: Martim acreditava cegamente na pessoa que a Organização tinha designado como seu contato. Ou estou enganada?

— Não está. A confiança é essencial no trabalho clandestino. É como o ar que se respira.

— Se se quebra essa confiança, não resta nada, então?

— Não. Quer dizer, resta a fé na vitória, a fé na causa.

— E se essa fé desaparecer?

— Aí, sim, nos fodemos.

— Para mim, já se foderam. Tudo isso me parece uma imoralidade.

— O que é que lhe parece imoralidade?

— Tudo. Construir uma causa e uma luta sobre mentiras e manipulações. Desde o princípio vocês... Um momento. Foi você quem redigiu a mensagem de Martim pedindo que eu viesse aqui?

— Fui eu.

— Então, ele nem sequer sabe que estou em Paris?

— Pergunte a ele quando ele chegar.

— É o que imaginei: não sabe.

— Eu não disse isso.

Bárbara espera um momento, respira fundo, pousa o fone ao lado da máquina fotográfica, sobre o travesseiro, e olha para os dois objetos como se fossem estranhamente idênticos, quase como se fossem insetos. Cobre a máquina com o lençol e pega de novo o fone.

— Quando Martim lhe falou de mim pela primeira vez?

— Eu já sabia de você pelo dossiê a respeito dele. Fomos a um café, na esquina da Place Saint-Sulpice — o que acrescento porque você gosta de detalhes —, para fazer uma lista das pessoas que podiam escrever a ele, e seu nome logo apareceu.

— Que disse ele de mim?

— Que tinha 20 anos, que era esplêndida, precoce, de pele bronzeada, energia transbordante. De como foi recrutando esses meninos e ensinando-os a tirar fotos de seus sonhos. Que o resultado era incrível. E que você mesma era uma fotógrafa com um olho —

— Parecia apaixonado?

— Muito apaixonado.

— Disse que íamos nos casar assim que ele voltasse?

— Disse.

— Disse que nunca mentíamos um ao outro?

— Não, não disse nada disso.

— Nisso se baseava nossa relação. Agora, depois do que se passou, não sei se ainda poderei casar com ele.

— Não o prejulgue. Você não sabe como ele se sentia mal enganando-a. "Dói-me o coração quando tenho de mentir para ela", dizia. Respondi-lhe que algum dia você saberia as condições e perdoaria.

— Você dizia isso a todos, não? A mesma frase. Porque todos tiveram de aceitar enganar seus amores.

— Disse o mesmo a todos. E rezei para que desse certo. Embora imaginasse que alguns não seriam perdoados.

— E foi o que aconteceu?

— Foi. Em vários casos, as falsidades eliminaram a confiança e o carinho, corromperam a relação. Quando falava sobre isso com Cláudia, ela me consolava: dizia que uma relação que não podia superar esse tipo de prova não valia a pena. Mas isso não é certo: há relações maravilhosas que podem pôr-se a perder por uma mentira.

— Mas de qualquer modo você repetiu a mesma frase a Martim.

— A mesma que disse aos outros. "Vão sair disso mais adiante." E mais: "Você e ela, fortalecidos por essa travessia do deserto", uma frase baseada numa expressão francesa que pedi a Martim que anotasse para uma carta futura. *La traversée du desert.* Martim me olhou com tristeza... Mas estou lhe aborrecendo. Vai acusar-me de ser como Xerazade.

— Ao contrário, senhor Xerazade. Pode demorar nessa parte quanto quiser.

— "Tenho medo de que nos separemos", disse-me Martim, raspando o açúcar do fundo com a colherzinha, arranhando a xícara vazia. "Que tipo de relação construirei se não posso dizer-lhe quem sou nem o que faço? Se ela pensa que, com os fascistas no poder, eu me mandei de meu país para fazer uma pós-graduação em arquitetura em Paris, como se não me importasse com porra nenhuma?" Só lhe perguntei se você pensava que ele era um covarde, um indiferente.

— E ele respondeu o quê?

— "O pior é que não", foi o que ele me disse. "Ela suspeita que de alguma forma estou metido em política; até chegou a me perguntar, assim, de supetão, antes da minha partida: "*Você vai à França para... outra coisa*, disse-me ela." O próprio Martim me contou isso.

— Nunca disse a ele nada de parecido.

— Ele assegura que sim. "Foi como se tivesse lido meu pensamento."

— Jamais eu tocaria num tema como esse com ele. Na verdade, com ninguém.

— Martim disse que teve de fazer um esforço para que você acreditasse que era um covarde. De fato, teria preferido que você pensasse que era um mentiroso e um membro da Resistência. "Aconteça o que acontecer, vou perdê-la", disse em seguida.

— Disse isso?

— Disse: "Vou perdê-la, vou perdê-la."

— E depois?

— Pegou uma foto.

— Foto minha?

— É. E me mostrou.

— E o que você pensou?

— O que pensei quando vi sua foto?

— É, o que pensou?

— Por que me pergunta isso?

— Foi a primeira vez que você me viu, não foi? Que pensou de mim?

Um longo silêncio. Se não fosse pelo leve e longínquo eco da respiração desse homem, ela poderia crer que não havia ninguém do outro lado da linha. Quando ele voltou a falar, foi num sussurro tão baixo que ela quase não pôde ouvir, como se ele tivesse medo de ouvir as suas próprias palavras.

— Não sei como responder a isso.

— Não entendo.

— Entende. Entendeu desde que começamos a falar ao telefone.

— Entendo o quê?

— Faz um tempinho você disse que eu tinha medo, lembra? Que estava postergando alguma coisa.

— Lembro.

— Era isso o que eu estava adiando. Este momento.

— O momento de falar comigo sobre mim?

— O momento de falar sobre o que senti quando vi sua foto. Direi agora, e em seguida vou desligar. Voltarei a telefonar-lhe. Daqui a uma hora.

— Que pode dizer que seja tão terrível?

— Martim abriu cuidadosamente carteira e pegou a foto, e —

— E...?

— E era ela.

— Ela?

— Exata, matemática, definitivamente ela.

— Quem?

— A mulher dos meus sonhos. A mulher com quem venho sonhando todas as noites de minha vida desde que fiz 12 anos. Era você, Susana.

E então ela ouve o clique de quando se desliga o telefone.

Nunca contei a ninguém sobre ela.

Ela me proibiu. *Não faça isso*, disse-me naquela noite em que me apareceu pela primeira vez. *Não acreditarão em você. E, quando perguntarem sua idade, minta, diga a eles que você existe, como eles, desde o dia em que nasce. Não lhes diga a verdade*, era assim que ela insistia comigo toda vez que podia. *Não vá dizer que sua vida apenas começou na noite em que sonhou comigo. Não faça isso*.

E eu obedeci. Segui as ordens dela, a mulher dos meus sonhos.

A mulher dos meus sonhos!

É uma frase que parece florescer na sua boca e na minha boca, mas que na boca de qualquer outra pessoa se torna vazia, trivial, falsa, quase um insulto. "A mulher dos meus sonhos", dizem os homens, para conquistar alguma fêmea que não quer se entregar, "a mulher dos meus sonhos", para agradar sem pensar duas vezes à fêmea que já se entregou, para impressionar os amigos no bar, no exército, no escritório. Como se se atrevessem de verdade a imaginar viva a fantasia de mulher que lhes povoou os sonhos da noite anterior.

Ouço-os e tenho pena. Não sabem o que é sonhar

com uma mulher perfeita e desconhecida cada noite da vida; não sabem o que é esperar sem esperança de que na manhã seguinte ela lhe apareça milagrosamente quando você sai à rua; não sabem o que é subordinar a existência inteiramente ao dia em que ela decida por fim aproximar-se de você no plano real.

Eles não sabem, mas eu sei.

Eu me atrevi.

E ela me deu vida quando sonhei com ela pela primeira vez, naquela noite em que fiz 12 anos. Ainda que não chegássemos ao que se chama fazer amor, foi como uma noite de núpcias, para mim e para ela, como se naquela noite nos tivéssemos casado para sempre, e não foi preciso pedir nem prometer que nos voltaríamos a ver, porque os dois sabíamos que cada noite ela estaria em nosso encontro dos meus sonhos. E não foi preciso marcar outro encontro porque na noite seguinte ela mesma me esperava debaixo de minhas pálpebras adormecidas. Nem nos preparamos para uma terceira noite milagrosa, porque ela voltou, idêntica, intacta, a de sempre. Na quarta noite me perguntei por que acordar, porque não continuar lá do outro lado, nos meus sonhos, com meu amor, unidos para sempre, mas minha Susana respondeu que eu tinha de sair a fim de buscar vida para esse amor, para dar-lhe minutos e sabores e lembranças do mundo e que, se entre uma noite e outra se interpunha o sacrifício dos dias vividos em vigília, em compensação ela cumpriria a promessa de que em algum momento futuro seu corpo iria se materializar no mundo diurno, para mim, só para mim. E acreditei, sempre acreditei em tudo o que ela me disse. E me propus viver sem ela, mas também para ela, esperando-a nas noites para contar-lhe o que havia acontecido e com ela repartir o que se passava no mundo e receber seus conselhos, noite após noite, sem exceção, cada noite de minha vida, o resto de minha vida, com ela, a mulher dos meus sonhos.

Naquela primeira noite ela me disse que tinha estado me esperando desde antes de eu ter nascido, esperando o momento em que eu estivesse pronto para recebê-la. E naquela primeira noite entendi, com humildade, que não era exatamente eu que sonhava com ela, era ela que fazia a concessão de se apresentar em meu solitário mundo interior: *Estive esperando o momento em que você tivesse necessidade de mim de verdade*, disse-me.

E esse momento foi no dia em que levaram meu pai e meu irmão.

Só não levaram a mim porque o encarregado da operação viu o bolo de aniversário, com as doze velas ainda apagadas, em cima da escrivaninha de meu pai, e cortou uma fatia, levou-a com os dedos à boca e, depois de uma rápida mastigada, disse, com a boca ainda cheia, ao homem que me carregava nos braços: "Solte esse, porque é dia do aniversário dele." E, depois da bocada, disse a mim, chupando os dedos: "Gostei do seu bolo, por isso vou lhe dar outro presente: seu velho. Vamos devolvê-lo amanhã mesmo."

E cumpriu a promessa. No outro dia, cedo, meu pai voltou. Meu irmão foi levado para lutar na guerra. Meu pai me encontrou no mesmo lugar onde me tinham deixado, dormindo debaixo da escrivaninha. Eu não tinha provado o bolo. "Menino", disse meu pai, "você passou a noite assim, sozinho, sem se mexer?" Não soube, nem ele nem ninguém mais no universo, que durante todas aquelas horas ela tinha me acompanhado, a mulher dos meus sonhos. Não contei a ninguém o que ela me revelara naquela noite: como sobreviver nos duros anos que viriam. Nunca disse a ninguém como foi que nasci, por fim, e de verdade, quando fiz 12 anos.

Ela proibiu que eu dissesse e eu lhe obedeci.

Passei a vida a obedecer-lhe.

(Pela primeira vez, não sei se estou inventando alguma coisa. Não sei se essa voz, a do homem que quer que o chamem de Leon, disse mesmo isso que acabo de transcrever, ou se as frases são minhas. Não sei se estou imaginando suas palavras, adivinhando sua vida interior, agora que acaba de confessar seu segredo à mulher que se chama Bárbara.

Não sei, também, se esse outro homem, o que cuida de vigiar essa dupla, o que tem planos para eles, pode distinguir o que pensa Leon, se o conhece como eu.

E não é porque esse outro homem, o que queria ouvir o que Bárbara e Leon dizem ao telefone, não tenha poder. Pelo contrário, esse homem me dá medo precisamente porque tem poder, muito mais do que eu, e muito mais influência no destino de Leon e de Bárbara — ainda que seja eu quem supostamente lhes deu vida e eu aquele que o leitor julgará se alguma coisa de mal lhes ocorrer.

Não é fácil ser responsável pelos seus destinos e, ao mesmo tempo, não poder antecipar nem impedir o que inevitavelmente vai acontecer com eles — porque as vidas de Leon e Bárbara estão determinadas por outros homens localizados em outros pontos. Talvez por isso tenha me proposto um contacto com a voz mais íntima do homem que se identifica como Leon. Trata-se de uma forma de demonstrar a confiança que lhe tenho, ou talvez para estabelecer nesta história uma zona a que não tenha acesso esse homem que os vigia a distância: uma voz secreta vedada a ele. Uma pequena zona que eu controlo, que espero controlar, nesta história. Minha única vantagem sobre esse outro homem.

Que ele não saiba que eu existo.

E que não tenha como averiguar o que se passa na cabeça do homem que insiste em que o chamem de Leon.)

— Susana?

— Não me chame de Susana.

— Se você soubesse como custou durante toda a manhã chamá-la de Bárbara, como se fosse uma estranha...

— Sou uma estranha.

— Não para mim.

— Não minta.

— Você sabe que nunca lhe menti.

— Nunca? Três horas, nos conhecemos há três horas. Se é que esta conversa pode ser considerada uma forma de —

— Você tem de entender que a conheço há vinte e cinco anos.

— Em seus sonhos.

— É verdade.

— É preciso que me explique como conseguiu este milagre: sonhar comigo antes que eu nascesse. Ou você se esquece de que tenho 20 anos?

— Não há uma explicação racional. Simplesmente é assim. Eu próprio não entendo. Se acreditasse na existência de Deus —

— Não acredita em Deus?

— Não. Mas esta seria uma prova de sua existência. Escute, não quero perder tempo com especulações. Basta-me estar agradecido por você ter cumprido sua promessa.

— Que promessa?

— A que me fez na primeira noite em que veio me ver.

— A noite em que você fez 12 anos?

— Aquela noite.

— E que promessa lhe fez essa mulher?

— Que, se eu tivesse paciência, algum dia nos encontraríamos e então... Bem, que então você acharia o modo de —

— Sabe, Leon? Esta conversa seria mais fácil se você deixasse de lado a história pueril de que vem sonhando comigo há vinte e cinco anos. Por que não diz logo que Martim se sentou nesse café e começou a falar maravilhas acerca da mulherzinha que antes tinha desejado, e que então você viu a foto e não me reconheceu porra nenhuma mas ficou —

— Fiquei?

— Bem, é claro que está obcecado por mim. Digamos que se apaixonou. E, quanto tanto mais Martim lhe falava dela nos dias que se seguiram, mais desejos você tinha por mim. Imagino como Martim se terá vangloriado da futura esposa, enquanto passeava com você pelos museus, admirando a Vênus de Milo, a Gioconda, as gordas de Rubens e as magras de... desse pintor novo, Modigliani. Em cada mulher Martim terá encontrado uma coisa que o fazia lembrar de mim. E quando ele, muito macho, lhe disse: "É a mulher dos meus sonhos", você começou a sonhar de verdade com ela, não pôde mais tirá-la da cabeça e, sem saber como, decidiu —

— Que foi que decidi?

— Decidiu, não sei se durante a semana em que Martim esteve em Paris ou depois, quando você teve a possibilidade de alterar as cartas, decidiu trazer-me à França enganando-me.

— Essa é a sua interpretação?

— É.

— Acha que isto não é mais do que uma excitação passageira?

— Não posso saber se é passageira, mas, que se trata de uma excitação, disso não tenho dúvida.

— Ah, Bárbara, que tristeza que você prefira uma explicação tão prosaica quando estou lhe oferecendo algo muito mais belo!

— Um momento. Você falsificou ou não uma carta em que Martim me pedia que viesse?

— Falsifiquei, sim.

— E foi ou não foi você quem se encarregou da minha passagem, da reserva no hotel e do chofer?

— Fui eu.

— Com dinheiro tirado daquela pobre mulher gorda?

— Eu não a descreveria assim, mas tenho de confirmar que consegui o dinheiro com ela.

— E Martim não sabe que estou aqui. Será um favor que me diga a verdade.

— Fiz tudo por ele, por você e por ele. Para salvá-los. A primeira coisa que pensei, quando Martim me mostrou sua foto, foi que você estava em perigo, porque estava apaixonada por um combatente clandestino e se alguma coisa acontecesse a ele —

— A ele, a quem você controlava. Você pensou assim: tenho os meios para que ela venha me ver, tenho os dois na palma da mão. Foi isso que pensou.

— Não pensei nada nesse sentido, Susana —

— Bárbara!

— Bárbara. Há vinte e cinco anos que tenho a esperança de que você venha, há vinte e cinco anos que acordo perguntando-me se hoje será o dia. E, quando por fim você está aí, exatamente como eu a desejara na noite anterior, e na noite anterior à anterior, e em todas as incertas noites anteriores, quando por fim há uma foto, e a mulher dessa foto é idêntica à mulher dos meus sonhos... Ah, Susana, isso era a única coisa que eu não esperava: que quando você cruzasse o meu caminho, longe de completar minha existência, estivesse total e absolutamente proibida para mim. Pior: que eu fosse o guardião de seu futuro marido.

— Claro. Aí foi que se desesperou e —

— Não me desesperei. Mas não você vai entender. Nos sonhos você me entendia, e agora não. É outra pessoa, quase irreconhecível.

— Você terá de acostumar-se ao fato de que as mulheres de carne e osso são diferentes das mulheres com que sonha. Explique-me por que não se desesperou.

— Você estava —

— Ela. Ela estava. Não eu.

— Ela estava viva. Era real. Sempre temi que ela não existisse. Que eu tivesse vivido a vida — como dizê-lo? — em vão. Em nome de uma mera ilusão.

Porque tudo o que fiz na vida sempre o fiz por você, para você, à espera de você.

— Tudo? Também suas atividades políticas clandestinas?

— Para que houvesse um mundo que a merecesse. Para que o mundo fosse justo e belo e limpo quando você se unisse a mim. Sem gente que sofresse.

— Até agora as coisas não saíram muito bem.

— Têm-nos saído mal, é verdade. O mundo nunca esteve pior. E, à medida que piorava, e as pessoas se tornavam mais vis, e meus amigos terminavam mortos ou apodrecendo em campos de concentração, e nós fugindo para o exílio, eu via afastar-se mais e mais a possibilidade de que surgisse a sua aparição: eu sonhara um mundo maravilhoso para recebê-la, sem ódio, nem violência, nem injustiça. E, no entanto, era o pior dos mundos possíveis aquele a que finalmente você decidia chegar. Mas você estava aqui. Se perdi minha aposta num mundo melhor, ganhei minha aposta contra as estatísticas que proclamavam que jamais nos encontraríamos. É um milagre que nos tenhamos encontrado. Quero dizer você podia ter nascido em Cingapura, ou no Congo Belga, ou na Abissínia, ou no Chile, ou na Palestina, ou em algum outro lugar tão remoto. Podia ter nascido depois da Guerra ou em outro século, ou absolutamente não ter nascido. Quem sabe não viria me visitar em meus sonhos vinda de outro tempo, de outro universo, de outra dimensão? Que sabemos dessas coisas? Não sabemos de onde vêm nossos sonhos. Entre os milhares de milhões de mulheres que pisaram esta terra e hão de pisá-la, de todas as mulheres possíveis com que eu possa ter sonhado, das que me escolheram para visitar-me, imagine a alegria para mim de que seja você, alguém que respirava o ar da minha própria época, do meu próprio país, alguém do meu próprio idioma. Alguém com quem eu algum dia poderia realmente —

— Realmente?

— Realmente fazer amor.

— É o que você acha. Está vendo? Tal como eu dizia. Desde que viu a foto, você dedicou a vida a buscar um modo de —

— Não, não. Não busquei nada. Não fiz nada. A iniciativa cabia a você.

— A mim?

— A Susana. Martim podia ter a foto e um futuro com ela ao alcance de seus dedos, mas não podia entrar em contato com ela como eu faria. Por isso não me desesperei. Devolvi a foto a Martim sem que a mão tremesse. Continuei a escutá-lo. Sabendo que logo que eu dormisse, nessa noite, logo que cerrasse as pálpebras ela viria com a solução, como sempre a tinha tido, em todas as noites da minha vida. Ela encontraria o modo de cumprir sua promessa.

— E não contou nada disso a Martim, claro.

— Comentei que a foto era um sonho.

— Um sonho? Pareceu-lhe momento para ironias?

— A gente se defende como pode.

— E o que ele lhe respondeu?

— "Melhor que um sonho", disse. E acrescentou: "É a pessoa mais real que conheço."

— E depois?

— Nada. A rotina típica. Caminhamos o resto da tarde pelo bairro, anotando uma lista com diversos comestíveis no armazém da esquina, a localização de diversas casas de negócios, cinemas e praças, compramos alguns jornais, fomos ver o edifício da Sorbonne, onde supostamente Martim ia estudar, planificamos o itinerário dos dias seguintes, baseando-nos nos cartões-postais que lhe entreguei, lugares que ele poderia recordar depois.

— Você foi capaz de continuar como se nada tivesse acontecido? Passar um dia comum com o homem que você estava enganando, como se —

— Não o estava enganando. Eu o estava protegendo. Tinha fazer o trabalho, de qualquer maneira. A vida de Martim — e agora também a sua, e a de muitas outras pessoas — depende de que eu cumpra bem minha tarefa.

— E confiava em que ela ia desatar o embrulho em que você estava metido?

— Sempre me tinha dado conselhos maravilhosos.

— Dê-me um exemplo.

— Por que esse súbito interesse?

— Como você diz que sou ela...

— Interessa-lhe saber se ela é como você?

— Pelo contrário. Quero assegurar-me de que absolutamente não é como eu. É inquietante que estejam atribuindo a alguém atos e conselhos e... Mas vamos. Por exemplo: qual foi o primeiro conselho que ela lhe deu naquela primeira noite?

— Naquela primeira noite me disse que não contasse isso a ninguém. O primeiro conselho foi na segunda noite.

— Conte-me.

— Há coisas de que prefiro não falar.

— Eram conselhos... sexuais?

— Não, você não entende. Nunca fiz amor com você.

— Em vinte e cinco anos?

— Nunca.

— Meu corpo não lhe agradou?

— Agradou tanto que naquela primeira noite estive a ponto de... Não quero falar disso.

— Não creio que tenha escolha, a esta altura.

— Falarei depois.

— Já. Você esteve a ponto de —

— Tive a intuição de que, se fizéssemos amor, você não voltaria. Tenho de manter a esperança de que isso seja real, você me disse, eu lhe disse, nos dissemos, e você me sussurrou que não me preocupasse, que você voltaria tantas vezes quantas eu precisasse.

— O que significa...

— Você falava de modo tão bonito nos sonhos... Dizia, por exemplo: *Meu menino, no dia em que você sair pela porta dos sonhos, aí me encontrará.*

— E ela cumpriu essa promessa?

— Mal adormeci na noite seguinte, vi seu rosto amanhecer sob a noite dos meus olhos.

— Poético você também?

— Você me ensinou.

— E que disse ela?

— Queria saber como eu tinha passado o dia. E eu menti. Disse que não tinha tido nenhum problema.

— Tinha passado um mau dia?

— Não ia contar a ela meu dia frustrante, idiota, tão típico de uma criatura de 12 anos. Francamente, estava mais interessado em —

— Em...?

— Continuar o que tinha havido na noite anterior.

— E o que se havia passado na noite anterior?

— Você deixou que eu a explorasse.

— Explorasse o quê?

— Tudo.

— Com suas mãos?

— Não só.

— Com que mais?

— Com a língua. Com os dentes.

— E você gostou?

— Gostei.

— E ela não lhe permitiu continuar, nessa segunda noite?

— Enquanto eu não contasse sobre o meu dia, não.

— E como tinha sido esse dia?

— Susana, Susana! Você não mudou nada. Sempre tão insistente. É injusto que tenha de contar-te de novo, que tenha de contar-lhe tudo o que já vivemos. É como... como se a esposa com quem a pessoa vive há vinte e cinco anos passasse a sofrer de amnésia depois de um acidente e —

— Você abandonaria a mulher amada se ela sofresse um acidente?

— Eu não disse isso.

— Se não sabe como tratar-me, não deveria ter me trazido a Paris.

— Você não está entendendo.

— Isso é o que os homens dizem sempre que uma mulher não lhes quer dar importância.

— Dói-me que me fale nesse tom.

— Com ela você também se lamentava tanto, se autocompadecia desse modo?

— Nunca.

— Então por que age assim comigo, se você diz que somos a mesma pessoa? E quer que eu entenda?

— Quero.

— Faça um esforço para que eu entenda, então.

— Você trata assim os meninos de 12 anos com que trabalha?

— Esses meninos são muito maduros para que eu os trate desse modo.

— Não quero continuar falando disso. Antes, responda: Está com calor? Pergunto porque há um ventilador no guarda-roupa. Por isso escolhi esse hotel. Só os hotéis modernos têm em cada quarto um —

— Agradeço-lhe que tenha pensado em meu bem-estar ao escolher o hotel. Mas estava me contando sobre os primeiros conselhos que ela... E, se não quiser que eu desligue...

— Está bem. Susana me disse que eu estava escondendo alguma coisa e logo correu as mãos pelos meus cabelos como se fosse uma mãe, mas que me —

— Sua mãe era viva?

— Morreu quando eu tinha 3 anos.

— De modo que essa mulher veio a ser uma substituta de sua mãe.

— Toda mulher é um pouco mãe de seu homem. Mas não contamos à mãe o que contamos a uma amante. E o que ela me pediu foi que nunca, nunca deixasse de contar-lhe minhas dores, que para isso ela estava ali: para aliviá-las.

— E você?

— Me dei conta de que sua boca não era só para beijar, Susana. Que era também para me falar. Que suas orelhas não eram só para que eu as mordesse. Que também podiam escutar meus segredos. Foi a primeira lição que aprendi de você.

— Estou começando a simpatizar com sua Susana. Qual era seu segredo?

— Já lhe contei. Meu irmão mais velho teve de deixar o colégio.

— Agora pode me contar o motivo?

— Tinham-no levado preso, junto com meu pai. Na noite do meu aniversário. E no outro dia, quando trouxeram meu pai de volta —

— Que houve com seu irmão?

— Foi forçado a engajar-se no exército.

— Vocês eram contra a guerra?

— Meu pai e meu irmão, sim. Eu sabia pouco dessas coisas. Você me foi ensinando.

— E seu irmão?

— Morreu em combate dois anos depois.

— Sinto muito. Na minha família...

— Eu sei.

— É terrível perder uma guerra.

— Quase tão terrível como ganhá-la.

Durante um momento os dois ficam calados. Da rua se ouve, logo, um ruído de vozes que gritam e, mais adiante, os pombos, os sinos, e a voz de um garoto vendendo jornais, e ainda uma voz francesa excitada e apressada.

— E, no dia seguinte, de todo modo seu pai o forçou a ir ao colégio?

— Disse-me que se eu não quisesse não teria de ir, mas ela —

— Susana?

— Tinha me dito na primeira noite que no dia seguinte eu teria problemas, mas que era necessário que fosse ao colégio. Que muitas coisas terríveis iam me ocorrer na vida e que não adiantaria nada tentar escapar delas. Mas, quando falei com ela na segunda noite, eu tinha medo. Os valentões do colégio tinham tornado minha vida impossível. Sabiam que meu irmão era contra a guerra e me obrigaram a dizer que tanto ele como meu pai eram uns covardes e uns traidores. Meus dois melhores amigos se uniram a eles. Essa traição me doeu mais que —

— Talvez essa experiência tenha sido útil. Para que você fosse se acostumando ao país que nos esperava.

— Foi terrível descobrir que alguém pode lhe sorrir num dia e no outro dia negá-lo. Lembro-me de um de meus amigos gritando, enquanto me batiam: "Porque você é covarde! E bicha!" Bicha.

— Incomodou-o que o tivessem chamado de bicha?

— Claro que sim.

— Essa é uma das coisas que não podemos decidir: como os outros vão nos chamar. Só sabemos como nós mesmos vamos nos chamar.

— Susana... Foi exatamente isso que então você me disse, palavra por palavra. Como pode continuar me negando que você e ela são a mesma pessoa?

— Que mais eu lhe disse?

— Estávamos num quarto imenso, e ela foi abrindo, um após outro, os postigos das janelas, deixando entrar uma luz alaranjada, esplendorosa. E enquanto me fazia beber a luz me dizia: *Os melhores momentos da vida são aqueles nos quais não sabemos o que fazer, porque só então, meu menino, descobrimos nossa força interior, nossa verdadeira vocação.*

— Sua vocação? Com toda a certeza nessa mesma noite lhe aconselhou que se tornasse um falsificador.

— Não. Foi na noite seguinte. E também foi ela que, uns anos depois, me chamou a atenção para o fato de que eu já estava pronto para atividades mais sofisticadas, e me sugeriu começar a redigir cartas de justificação, primeiro, e depois, durante o último ano da guerra, atestados médicos falsos, para que alguns companheiros do colégio não se complicassem.

— E quando a guerra acabou?

— Saí do colégio e resolvi ir para a universidade.

— Também a conselho de sua Susana?

— Não precisa adotar esse tom zombeteiro. Conversávamos tudo, sim. Com quem mais eu poderia conversar? E ela tinha razão. Era como se conhecesse minhas habilidades melhor do que eu mesmo.

— E você, que soube dela?

— Nada. Toda vez que eu tentava averiguar alguma coisa, ela me punha a mão sobre os lábios para que eu me calasse. Nem nessas primeiras noites nem nos anos que se seguiram consegui arrancar-lhe de forma direta uma única palavra a respeito de si mesma. Inferências, muitas. Insinuações, preferências, coisas assim. Mas nenhuma afirmação importante. *Você saberá tudo quando nos encontrarmos, seu corpo e o meu no mundo real. Deixe-me que se surpreenda, meu menino.*

— Ela o chamava "meu menino"?

— Eu tinha 12, e ela tinha 20...

— De maneira que, quando Martim começou a lhe contar coisas de mim, você teve algumas surpresas, não é?

— Não. Tudo se enquadrava.

— Até minha profissão?

— Pareceu-me quase um sinal milagroso que a mulher com que eu tinha sonhado aos 12 anos estivesse ensinando garotos dessa mesma idade a fotografar seus sonhos. Quando Martim me contou, pensei que essa fosse a prova definitiva de que você, de forma inconsciente, estava preparando este encontro comigo.

— Francamente, me parece mais uma coincidência suspeita.

— Como assim?

— Parece-me mais factível que você, ao saber desse meu interesse pela fotografia e por causa de meu trabalho com os meninos de 12 anos, tenha elaborado essas histórias de que você mesmo, com essa idade —

— Que posso dizer para convencê-la?

— Pode começar por descrever-me como era sua Susana.

— Olhe-se no espelho.

— A mulher que viu nessa foto de Martim era a mesma mulher dos seus sonhos quando tinha 12 anos?

— A mesma: o cabelo caindo de modo idêntico pelos lados do rosto, os mesmos lábios, a mesma curva das cadeiras, o brilho dos olhos, a mesma elegância natural para dar presença à roupa.

— E sob a roupa?

— Você sabe a resposta a essa pergunta.

— E, em todos esses anos, essa mulher nunca mudou fisicamente em seus sonhos?

— Eu crescia, ela não se alterava em nada. Foi uma das condições que impôs para visitar-me.

— Você podia controlar seus sonhos até esse ponto?

— Eu não tinha controle. Estava dormindo. Era ela que decidia tudo.

— E você não se incomodava com isso?

— Eu era um menino de 12 anos, solitário como um poço, e encontrei afinal alguém que existia exclusivamente para mim, alguém surgido do nada que vinha resolver meus problemas e não transferir-me os seus. Como não obedecer-lhe em tudo?

— Uma mulher de sonho, inteiramente dedicada a cuidar de você, preparando o momento em que você iria encontrá-la no mundo real... Certo: seria louco se a rejeitasse. Tão vulneráveis são os homens.

— Susana dizia a mesma coisa: *São todos vulneráveis. Você, porém, mais que todos, meu menino, porque passará a vida absorvendo a dor dos outros.* E Susana também entendeu que até aquele momento eu não havia encontrado ninguém que se interessasse por minhas dores.

— E seu pai?

— Meu pai ficou desolado com a morte de minha mãe, e quando lhe levaram meu irmão converteu-se em um morto-vivo. Quando soubemos que meu irmão tinha sido morto na... Meu pai sofreu então o pior que um homem pode sofrer: admirar sua própria dor.

— Por que diz que é o pior?

— Porque seu coração começa a não ter lugar para a dor de ninguém mais. A primeira lembrança que tenho na memória é de meu pai falando comigo. Falava-me de coisas de que eu não entendia: de minha mãe, de como estava longe a utopia com que ele tinha sonhado quando jovem, da crueldade crescente do mundo. Só pelo fato de escutá-lo, eu aliviava sua angústia.

— Quer dizer que foi seu pai que o converteu em um chorão.

— Seria isso se Susana não tivesse me convencido de que era perigoso culpar os pais por aquilo em que acabamos nos convertendo. Meu pai apenas se apoiou em uma propensão inata em mim, alheia e anterior à sua tristeza. *Por que essa imagem é a primeira que você reteve?*, perguntou-me Susana. *Volte-se mais e mais para dentro, deixe para trás esse momento com seu pai; abra-se até chegar ao momento em que nasce, e olhe para você*, me disse. Olhei para mim e o que vi foi uma fenda, no menino recém-nascido, algo assim como uma rachadura de sexo de mulher no centro de meu ser, uma ferida invisível a não ser para mim e que ninguém portanto podia curar. *É por aí que lhe tem entrado e continuará entrando a dor dos outros, meu menino. Mas não, não a feche, não a ignore, agora que a mostrei. Eu o ajudarei a descobrir para que serve essa fenda.*

— E para que serve?

— Para que eu me comunique com a dor maior do mundo. Não se lembra? Foi você que me abriu os olhos, que me pediu que saísse a percorrer as ruas de minha cidade para descobrir que minha fenda era parte de uma fenda muito mais larga e profunda. Os jovens que me atormentavam no colégio eram habitantes de um mundo que atormenta a muitos outros, e com armas muito mais implacáveis e cruéis. Isso você me disse depois que lhe contei que meus companheiros tinham me dado uma surra e que eu me neguei a dizer que meu irmão era um covarde. Quis esconder o que se passara comigo, para não perturbar a bênção de sua companhia. Mas para cada um desses golpes diurnos houve uma réplica noturna.

Ainda sinto seus lábios na pele do meu rosto, e sua voz, dizendo: *Está certo que lute por aquilo em que crê*, e um beijo. *Porém lhe restam muitos anos de luta mais adiante e você tem de saber cuidar-se para o futuro*, e outro beijo. *Porque se aproximam tempos terríveis, ditaduras que usarão armas e tecnologia que nenhuma ditadura usou antes*, e um novo beijo. *E há momentos na história em que é preciso defender a dignidade, e momentos em que é preciso cuidar-se e enganar os poderosos*; e houve uma mudança no tom de voz quando você disse: *Quero-o inteiro quando o encontrar, que não falte nada a esse corpo de que gosto tanto*, e sua mão baixou até a zona do meu corpo que mais... Estás me escutando, Bárbara?

— Estou, sim.

— Mas estava pensando em outra coisa.

— Estava pensando na falta que lhe faz essa mulher. Acho que você faria qualquer coisa por ela.

— Qualquer coisa não.

— Qualquer coisa.

— Dá licença um momento?

Ela espera. O ruído da rua se atenuou, só se ouve a voz vibrante e aguda do garoto que vende jornais, talvez um garoto de 12 anos, como aqueles que ela deixou em Berlim.

— Bárbara?

— Estou aqui.

— Tenho de deixá-la por uns minutos.

— Que houve?

— Nada, uma coisa que tenho de fazer.

— Voltará a ligar?

— Você acaba de jogar-me na cara que eu faria qualquer coisa por ela, lembra?

Ele desliga, e ela se descobre novamente com o telefone em uma das mãos e acariciando a máquina fotográfica com a outra, ouvindo sem distinguir o ruído que vem da rua, ouvindo até o calor de setembro nessa cidade tão terrivelmente alheia.

(Por que demorei tanto tempo para descobrir de onde vêm Leon e Bárbara?

Por que não posso ser como esse homem que, das sombras, soube desde o começo a nacionalidade dos dois; esse homem que usou seu conhecimento para conseguir mais uma vantagem nessa corrida que ele ignora que está disputando comigo, enquanto se prepara para intervir com toda a desenvoltura em suas vidas?

É possível culpar Leon e Bárbara por serem tão reservados, por encobrirem assim sua nacionalidade, talvez porque temessem que alguém como esse homem estivesse a escutá-los, alguém que poderia usar essa informação contra eles? Ou teriam eles evitado mencionar o nome de seu país por pudor, por vergonha? Seja como for, sua cautela acabou sendo contraproducente: acabaram por bloquear a única pessoa que tentava descobrir seu país de origem para ajudá-los.

Tantos viventes deste século passaram por Paris, tentando livrar-se de um ditador ou de um governo despótico, tantos conspiraram nas ruas e nos desvãos dos cafés de Paris, tantas mulheres vieram visitar seus homens aflitos e exilados, tantas nunca voltaram e tantas voltaram para ser assassinadas. Tantos estrangeiros foram vigiados das sombras por algum homem que sabia muito bem de onde eles vinham.

Quanto a mim, tive de ir experimentando nacionalidades para Leon e para Bárbara como uma mãe prova roupa para os filhos.

Bastava trocar as letras aqui e ali, alterar uma ou outra sílaba, e poderiam ser sul-africanos ou vietnamitas, nigerianos ou húngaros, palestinos ou israelenses.

Mas a razão de minha cegueira é óbvia: desejava avidamente que Leon e Bárbara fossem latino-americanos.

E durante algum tempo consegui convencer-me de que era assim. Agarrei-me ao fato de que muitos jovens tinham passado por Paris nos anos 70 a caminho de outros países, onde receberiam treinamento clandestino. Até receberam um apelido poético: salmões. Um modo de diferenciá-los dos exilados que não podiam voltar para seu país, talvez um modo de recordar-lhes os rios claros e turbulentos, e as cachoeiras da pátria, para que não esquecessem que teriam de voltar a suas origens para gerar uma nova vida, como os salmões, um novo ciclo de vida em um país como o meu, tão afastado da casa onde agora escrevo estas palavras, esse país perdido do outro lado do mundo, um país que parece já não interessar a ninguém, com um passado que ninguém quer recordar.

Por isso, doente de saudade, quis me aproximar de Leon, torná-lo familiar. Agi como um desses amantes que voltam a sua aldeia das montanhas, e olham para o vale, e vêem sua amada, e a chamam e, quando ela vai se aproximando, sua figura se recusa a fixar-se nos pequenos traços que não encaixam, um vislumbre fugidio de cabelo, uma queda de ombros que não se enquadra na memória, mãos ligeiramente grandes, e ela ajusta cada detalhe flutuante, faz como se as diferenças não existissem, quer ser ela a que caminha até ele, quer cair cheia de vida nos braços dele, até que finalmente o viajante sai do eclipse de seus sentidos e distingue com selvagem claridade essa desconhecida a poucos passos de distância: ei-la aí, uma mulher inteiramente estranha que ele nunca tinha visto antes. E então começa a verdadeira angústia: onde está seu país, onde está a mulher que você ama? Existiu alguma vez como existe na lembrança?

Mas essa é outra história.

Esta, a nossa, é a história de Leon. Talvez a de Bárbara.

Não é a que me aconteceu.

Estou condenado a escutar. E a tratar de entender o que esses alemães — que poderiam ter sido chilenos ou poloneses ou sul-africanos — se dizem reservadamente, numa cidade em que não nasceram.)

— Bárbara? Por que demorou tanto a atender?

— Estava olhando as fotos que trouxe de meus meninos.

— Importam-lhe muito esses meninos?

— Eles vêem tudo, Leon. Vêem tudo o que se passa hoje em nossa... Você também é de Berlim, não é? Mas principalmente vêem o que está por vir.

— E o que está por vir, segundo seus meninos?

— Não há palavras para descrever o medo e o asco e o ódio que meus meninos descobriram nos olhos dos mais velhos. Se você visse estas fotos, teria medo.

— Não preciso ver essas fotos para ter medo. O que preciso é que me dêem esperança. Há esperança em algumas dessas fotos?

— Um pouco. Uma luzinha.

— Alegro-me que seja assim.

— Parece que você estaria triste, Leon. Aconteceu alguma coisa nesses momentos em que esteve ausente?

— Nada com que preocupar-se. Nada que seus meninos não hajam antecipado.

— Não entendo.

— Já entenderá. Infelizmente entenderá logo.

Ela espera que ele prossiga. Mas ele silencia. Então ela pergunta:

— Há alguma coisa que...? Aquela noite em que você conheceu Martim. Que lhe aconselhou sua Susana na noite em que você você conheceu Martim e soube de mim?

— Nada.

— Como?

— Nessa noite, pela primeira vez desde que a conheci, pela primeira vez em vinte e cinco anos, pela primeira vez na minha vida, não sonhei com Susana.

— Com que sonhou?

— Com nada.

— Talvez tenha sonhado com ela e não —

— Não.

— E que fez ao acordar?

— Prefiro não falar sobre isso.

— Mas com ela falaria?

— Está bem. Se é o que quer. Fiz amor com Cláudia. Ferozmente, desesperadamente. Não podia... você sabe, ejacular. Continuava e continuava e continuava —

— E ela?

— No começo ela estava dormindo e se surpreendeu. Esse tipo de assalto não é típico entre nós. Nem fazer amor de manhã. Nem fazê-lo sem que ambos estejamos de acordo e tenhamos preparado, digamos, o terreno. De todo modo, inicialmente, aceitou com o que eu chamaria de agrado, e os olhos fechados. Mas em pouco tempo percebeu que não era com ela que eu estava fazendo amor. E que eu não podia ejacular, era impossível. Logo me vi na cama como se estivesse em outra parte do quarto, olhando de forma quase pornográfica, sem nenhum prazer, só despertando tristeza, buscando encontrar alguma coisa na minha mente que conseguisse extrair-me o sêmen como um vômito. Senti-me perdido, perdido como antes de fazer 12 anos, naquele mundo sem você. E não conseguia achar a saída. Até que Cláudia disse: "Voê está me causando mal-estar", e como eu não fizesse caso me afastou com um empurrão e se levantou da cama, deixando-me ofegante entre os lençóis.

— E o que houve, então? Porque deve ter encontrado Martim nesse dia.

— Não. Não me levantei da cama o dia todo. Fiquei olhando minha... Você sabe.

— Sei o quê?

— Minha ereção. Não regredia. Parecia tão... desnecessária, tão irrelevante. Tive ganas de decepar... essa coisa.

— Essa coisa?

— Essa coisa.

— Por que não a trata pelo nome?

— Por timidez.

— Depois de vinte e cinco anos? Como você chamava essa coisa nos seus sonhos?

— Se você concordar, prefiro não dizer.

— Como Susana a chamava?

— Você pode me dizer.

— Não.

— Está vendo? Devia tê-la cortado.

— Mas não cortou.

— Não.

— Porque continuava com esperança de ir para a cama comigo algum dia.

— É isso.

— Usava preservativo com Cláudia?

— Sempre usei preservativo com Cláudia.

— E com outras mulheres?

— Não houve outras mulheres.

— Não acredito.

— Nenhuma.

— Nem mesmo antes de conhecer Cláudia?

— Nenhuma.

— Foi fiel a Cláudia.

— Às duas.

— E Antoinette?

— Certo. Mas isso não conta. Isso foi para conseguir ajuda para você.

— E que explicação você deu a Cláudia para usar preservativo?

— Disse-lhe a verdade: que não quero ter filhos.

— Bem, é um alívio saber que pelo menos essa explicação não tem nada a ver comigo.

— Você vai se cansar de ouvir isto de mim, mas, tem, sim, que ver contigo. Há uma coisa que nunca confessei a ninguém —

— Nem mesmo a Susana?

— Especialmente a ela.

— Mas pode contar a mim?

— Posso, agora que você apareceu. O que eu temia era que Cláudia tivesse uma menina, e que essa menina tivesse —

— Tivesse o quê?

— A sua cara.

— Tinha medo de que Susana se encarnasse em sua própria filha?

— Era meu pior pesadelo.

— Então, além de sonhos, você tem pesadelos.

— Muitos. Embora, em tempos como estes, sair à rua já seja um pesadelo.

— E em seus sonhos usava preservativos?

— Já lhe disse que não fazia amor nos sonhos.

— E Cláudia foi a primeira mulher com que você fez amor?

— Foi. No dia em que completei 20 anos, o dia em que finalmente alcancei a mesma idade que você, Susana me disse: *Logo você vai ser mais velho do que eu. É hora de deitar com uma mulher, meu menino. Mas tenha cuidado ao escolhê-la. Porque, com o medo que você tem de magoar as pessoas, é provável que acabe casando com ela.*

— Sua Susana não tinha ciúmes?

— Eu não iria procurar ninguém sem a prévia aprovação dela. Por que haveria de ter ciúmes?

— Parece-me um pouco estranho que uma amante o incentive a se deitar com outra mulher.

— Se não o tivesse feito, eu jamais teria me aproximado de outra mulher. Especialmente de Cláudia. Cláudia me intimidava. Susana teve de convencer-me para que... Mas não vejo por que isto lhe interessaria.

— Você sabe tanto de mim que me parece justo que eu saiba alguma coisa de você.

— E como você pode saber que estou dizendo as coisas certas?

— Desde que me distraia...

— Vou imaginar alguma coisa mais leve, então. Vejamos. Foi no meu segundo ano universitário. Estávamos tentando fazer reviver o jornal universitário. Chamava-se *Amanhecer*. Tinha sido, antes de nossa chegada, um jornalzinho muito sério e tedioso, com convocações solenes à insurreição, hinos da classe trabalhadora, invocações ao futuro. Com um grupo de companheiros, sustentamos que o *Amanhecer* devia ter uma linguagem nova e atraente, com participação do pessoal, entrevistas falsas e satíricas, caricaturas grotescas e uma seção que poderia chamar-se "Mexericos", que divulgaria os rumores mais extravagantes. Um jornal exatamente como um bulevar cheio de cafés e discussões até o amanhecer.

— E isso também foi fruto da intervenção de Susana?

— Eu a consultava em tudo, já lhe disse.

— E que coluna você assinou no jornal?

— Susana me sugeriu que eu abrisse um consultório sentimental para os estudantes no jornal, mas mantendo o segredo da identidade de quem o redigia, assinando sempre com pesudônimo.

— Por quê?

— Susana nunca quis que eu me expusesse muito publicamente. Sempre imaginou que eu estivesse em perigo.

— Que perigo poderia haver nessa época?

— Você me anunciou que se aproximava um futuro sombrio. "A democracia não durará; a República de Weimar não durará."

— Custa-me acreditar que alguém lhe tenha dito isso em seus sonhos.

— Antes alguém o tivesse dito a todos os alemães a cada noite, toda vez que dormissem.

— E qual foi o pseudônimo que ela lhe escolheu?

— Don Giovanni.

— Don Giovanni?

— Ambos achamos engraçado. Uma vez que, longe de ser um *Don Juan*, eu era um rapaz virgem apavorado com mulheres.

— E como você podia dar conselhos, então?

— Eu era... Pode ser que você não goste disso. Eu tinha me convertido numa espécie de enciclopédia ambulante da sexualidade humana. Pelas coisas que... pelas coisas que Susana me ensinava.

— Em teoria.

— Também me fazia demonstrações.

— Tinha muita experiência sua Susana?

— Nunca perguntei. Suponho que sim. De todo modo, qualquer um que lesse minhas colunas suporia que o autor daquelas linhas tinha freqüentado mais camas do que qualquer outro macho no universo... Minha primeira coluna contradizia total e absolutamente minha maneira reservada e monogâmica de ser. Exagerei: apelei para um estilo cínico e insolente para pregar a liberação sexual como meta universal. Tudo devia ser permitido, não devia haver limites para a experiência, não poderia existir outra lealdade senão o prazer, deviam romper-se todas as amarras entre os casais como um modo de antecipar e provocar a ruptura das demais cadeias sociais que nos escravizavam.

— Ufa, um manifesto completo! E o que disse Susana quando você falou das páginas que estava escrevendo?

— Ficou de acordo, especialmente porque assim ninguém reconheceria em mim o cínico Don Giovanni. Mas sob esse aspecto se enganou, talvez pela primeira e única vez. Porque Cláudia, que estudava Direito, tinha lido minhas opiniões, que julgara tão desprezíveis e impudentes e contra-revolucionárias que jurou não descansar até que pudesse insultar pessoalmente, cara a cara, o infame Don Giovanni. E logo conseguiu, de fato, com a disposição tão característica dela, descobrir a secreta identidade do execrável. Encurralou-me um dia num restaurantezinho em frente à universidade. Eu ia começar meu almoço, quando senti que alguém me observava. Levantei os olhos e lá estava Cláudia. Havia algo de implacável em seu olhar, o que me levou a depositar a colher cuidadosamente em meu fumegante prato de sopa. "Com o que, Don Giovanni, hem?" Essas foram as primeiras palavras que ouvi Cláudia dizer em minha vida: quatro palavras hostis, na voz de um anjo. Mas de imediato tudo o que pudesse haver de angelical se foi, quando ela disparou, sem dignar-se sequer a dizer seu nome antes, a diatribe delirante que ensaiara desde que lera pela primeira vez minha coluna. Quem pensavam que eram os patéticos Giovannis deste mundo, com seu machismo ultrapassado? Que nunca alcançaríamos o mundo do futuro se nós próprios não tivéssemos antes de tudo muita força moral; e que se houvesse mulheres que seguissem meus conselhos... Calou-se de repente. No meio da frase. Mediu-me de cima a baixo, como se me visse pela primeira vez. E caiu na risada. Não foi agradável ouvir sua risada.

— Por que não?

— Porque foi de dar medo. E porque no mesmo momento se inclinou até mim por sobre a mesa, aproximou a boca de minha orelha, e eu pensei que seu ódio de mim já não cabia em palavras e ela estava a ponto de passar à ação: aqueles dentes tão brancos iriam despedaçar-me a orelha numa dentada de um momento para o outro. Mas não. O que aconteceu então foi que voltei a ouvir sua voz quente e sussurrante, e o que ela me disse foi: "Você é uma fraude. *Sei* que é uma fraude. Nunca foi para a cama com uma mulher." E esperou um instante para ver que efeito essas palavras teriam causado em mim. E como eu ficasse calado... A verdade é que, paralisado de terror como estava, só podia contemplar como subiam e desciam seus peitos agitados e vibrantes ao compasso da respiração. Então Cláudia acrescentou: "Nem com um homem." Nunca na vida desejei tanto que minha Susana me resgatasse.

— Mas não resgatou.

— Tinhas 3 anos de idade nessa época. Como ia aparecer?

— E como continuou a cena?

— Cláudia afundou um dedo na minha sopa, levou-o à boca e disse, de maneira despachada: "Este lugar é uma merda. Se quer saber o que é comer bem, Don Giovanni, venha a minha casa. Se é que se atreve." E escreveu seu nome e endereço num exemplar da *Amanhecer* que tinha embaixo do braço. Deu meia-volta e lembro que, enquanto se afastava, fiquei olhando como que em transe suas nádegas apertadas dentro da saia, lamentando a cada passo dela a sua partida. Só queria que voltasse, que reiniciasse seu discurso, e que por cada insulto e acusação que fizesse tirasse uma peça de roupa até ficar nua. Só queria... *Coma-a*, disse-me Susana naquela noite.

— Delicada, a sua Susana.

— Ela sempre chamou as coisas pelo nome. *Coma-a*, foi o que ela me disse naquela noite, *e se tudo correr bem, case com ela*. E quando perguntei por que, respondeu-me:

Porque você vai precisar de alguém a quem não possa enganar, alguém que o queira como você é e não pelo que aparenta ser.

— E que coisas você pensava?

— Que Cláudia me odiava. Mas Susana não deu a menor importância a meus temores. *O que importa*, disse, *é que haja paixão. Se ela não desejasse, não o teria convidado*. De minha parte, eu suspeitava que esse convite era uma alusão irônica ao Comendador que tinha convidado Don Giovanni para jantar; temia que Cláudia planejasse envenenar-me, com a esperança de que eu fosse para o inferno.

— Aposto que lhe cozinhou um jantar extraordinário.

— Isso mesmo você me disse naquela noite: *Vai preparar-lhe um jantar temperado com afrodisíacos, para que você perca todas as suas inibições*. Assim começou a tecer-se uma rara aliança entre a mulher dos meus sonhos e a mulher que seria minha esposa.

— Mas Cláudia nunca soube de Susana.

— Susana me advertiu com absoluta clareza: *Se ela vier a saber de minha existência, tudo se acaba entre nós: não o verei nunca mais.*

— E deduzo que tudo saiu bem no jantar com Cláudia.

— Maravilhosamente bem.

— Gostou de fazer amor com ela?

— Gostei.

— De que é que gostou mais?

— De penetrá-la.

— Que sentiu?

— Queria voltar a penetrá-la, e voltar a penetrá-la.

— E ela? Você sentia o que por ela?

— Sentia pena. Porque nunca poderia contar-lhe toda a verdade.

— E, desde então, Cláudia tem sido uma boa companheira.

— A melhor.

— Nunca se queixou do exílio, das dificuldades que —?

— Nunca.

— Você ama mais Cláudia do que Susana?

— Acho que não.

— Acha?

— Até agora, não teria sentido fazer essa pergunta.

— E agora?

— Veremos.

— Que espera de mim?

— Não é o momento de falar disso.

— Creio que é. Você tem planos. Pensa em me apresentar a Cláudia, fantasias com uma vida a três entre nós?

— Não penso nada.

— Diga-me uma coisa. Quando teve o primeiro orgasmo com Cláudia, você pensou em —

— Não pensei que Cláudia era Susana, se é a isso que se refere. Não tive fantasias. Mas você estava presente, se lhe interessa saber. Até no momento mais intenso, nunca perdi a sensação de que tudo aquilo ocorria num *entretempo*, à espera de outra pessoa.

— E essa pessoa sou eu?

— Você tem a voz, os traços, a idade dela.

— Creio que esteja omitindo alguma coisa.

— Seguramente.

— Que talvez eu também tenha alguma coisa a dizer sobre esse assunto, talvez eu também tenha planos para —

Nesse momento, ela própria se interrompe, porque alguém bate à porta do quarto.

A voz dele se altera:

— Aconteceu alguma coisa?

Ela espera. De novo se ouvem as batidas à porta. Em seguida diz, em voz baixa:

— Há alguém batendo.

— Não se preocupe.

— E se forem os que... aqueles que estão procurando Martim.

— Há gente que o está procurando, com efeito. Mas acham que se chama Hans.

— Os que mataram Antoinette?

— Não podem saber de nada sobre.

— Como pode estar tão seguro?

— Os nazistas não a teriam deixado sair da Alemanha se suspeitassem que tinha contatos clandestinos aqui.

— E quem estará batendo à porta, então?

— É seu almoço.

— Não pedi almoço.

— Eu o pedi. Você deve estar com fome.

Ela ainda vacila um instante.

— É o seu prato favorito. Não precisa dizer nada ao camareiro nem assinar nada. Tudo está arranjado. Ande.

De fato, ao abrir ela viu um camareiro com um carrinho. O homem tem uma expressão imperturbável. Por trás dele, no corredor, ela consegue divisar a sombra da arrumadeira que a espionava de manhã. O camareiro empurra o carrinho para dentro do quarto e se retira sem destampar as travessas cobertas. Quando ela o faz, depois de fechar a porta, encontra um consomê fumegante, uma *brochette* com arroz, uma salada de tomate e pepino com molho tipo vinagrete, um flã de maçã e meia garrafa de vinho tinto ao lado de uma jarra d'água.

— É muita comida para mim, Leon.

— Vai lhe fazer bem.

— E você não vai comer?

— Estou comendo exatamente o mesmo que pedi para você.

— E onde você está, então.

— Perto, mas isso não tem importância. Comamos. Tenha cuidado com o consomê, que deve estar muito quente.

Ela sopra a colherada antes de levá-la à boca.

— Gostou?

— Delicioso. Como sabia o que... Martim lhe disse?

— Adianta alguma coisa se eu disser que sei muito mais sobre você pelo que vivemos juntos em vinte e cinco anos de sonhos do que pela semana que passei junto de Martim aqui em Paris?

— E se eu lhe disser que estou começando a acreditar em você?

— Sabê-lo iria dar-me uma grande alegria.

— E uma grande tranqüilidade também?

— Todos precisamos de tranqüilidade.

— Então por que não me tranqüiliza a mim: por que não me conta de uma vez por todas o que há com Martim e por que ele está em perigo.

— Depois de comer.

— Você virá ver-me?

— Isso não.

— Mas me contará de Martim?

— Comamos. É tão bom não ter de falar. Sentir que a comida que entra no seu corpo é a mesma comida que entra no meu. Comamos. Em silêncio.

(Tenho estado tão obcecado com esse homem que espiona Leon e Bárbara, que nem reparei que há outros homens, outras vozes — três, para ser preciso — a que eu também deveria estar prestando atenção. Leon sabe da existência deles e foi sua preocupação que finalmente me alertou sobre eles e seus planos.

Sempre achei que a ameaça contra Martim viria desse homem nas sombras, esse homem que, agora deduzo, há muito tempo segue Leon pelas ruas de Paris.

Mas agora começo a vislumbrar outro tipo de ameaça. Ouço essa nova ameaça nas vozes desses três homens que vi através do vidro escuro que é Leon, através de uma conversa entre os três, só os três, onze dias antes, numa casa sombria de Paris. Claro que Leon poderia estar equivocado, poderia ter interpretado mal essa conversa ou simplesmente a poderia ter inventado, como se inventa um conto.

Nada poderia ser mais agradável para mim, mas alguma coisa me diz que o que estou para ouvir através de Leon infelizmente não foi inventado, nem por ele nem por mim.

É meio-dia de 20 de agosto de 1939. Exatamente onze dias antes de que uma mulher alemã entre em um hotel de Paris e atenda a um telefonema de um homem desconhecido. É o dia 20 de agosto de 1939. Três homens se reúnem numa casa sombria em outro ponto de Paris.

— Obrigado por ter vindo — diz um deles. É o homem que

Leon considerava seu melhor amigo. O homem cuja doença pulmonar impediu que se tornasse o encarregado de Martim no dia em que este chegou a Paris.

— Comecemos — diz o segundo homem, que os outros chamam de André. Leon não o conhece pessoalmente, mas sabe de suas façanhas na luta contra o fascismo, de seus três anos nas Brigadas Internacionais na Espanha defendendo a República. André não vive em Paris e veio só para discutir esse assunto. — Não tenho muito tempo.

— Vamos aos fatos — diz Wolf, o terceiro homem, o que está encarregado da operação clandestina em Paris e, portanto, de Leon e de Willy. Aos 10 anos, Wolf já trabalhava nas minas de carvão; aos 16 tinha perdido um braço na insurreição de 1919; em 1927 liderou a luta vitoriosa pela jornada de oito horas nas fábricas alemãs; e em 1935 conseguiu escapar de um cárcere da Gestapo com outros vinte prisioneiros. Leon o conhece e o admira enormemente. — Há um mês se detectou a vigilância, por uma dupla de homens, do apartamento que utilizamos na rue des Cannettes. Não há provas de que sejam agentes da Gestapo; pode ser que pertençam à polícia francesa. Mas, de todo modo, decidimos desocupar o apartamento. Fizemos bem. Dois dias depois prenderam Franz indo para Düsseldorf; e quatro dias mais tarde prenderam Johannes, em Berlim. Ambos tinham pernoitado na rue des Cannettes. Conclusão: há um infiltrado entre nós. E, como já disse antes, minhas suspeitas apontam para Hans.

É de Martim que estão falando. Martim, conhecido pelo nome de Hans.

— Por quê? — pergunta André.

— Porque as duas prisões ocorreram imediatamente depois de Hans ter passado por Paris, com destino a Moscou. Assim como ocorreu por essa mesma época a morte de um contato de Leon, uma mulher chamada Antoinette, que tinha recebido ameaças de uma dupla de homens que correspondem à mesma descrição dos dois que vigiavam a rue des Cannettes.

— Por isso você ordenou que tirássemos Hans do programa de Moscou? — pergunta André.

— Exatamente.

— Hans conhecia essa mulher, esse contato de Leon?

— Segundo Leon, não — diz Wolf. — Mas não nega que é o único dos homens de que está encarregado que o acompanhou, e não uma, mas várias vezes, a um café na esquina da casa dessa Antoinette, onde esperava enquanto Leon subia ao apartamento da mulher.

Agora é Willy quem fala. Como Leon, Willy era jornalista na Alemanha. Mas, diferentemente de Leon, continuou publicando um jornal clandestino em Berlim, durante os três primeiros anos de Hitler no poder.

— Wolf acusa Hans — diz Willy —, porque há rumores de que Hans andou criticando a União Soviética. Teria dito até que aquilo não é socialismo, mas terrorismo. Leon nos transmitiu esses rumores porque era seu dever fazê-lo, mas insistiu em reiteradas oportunidades que não acredita que tenham fundamento algum.

— E então por que Hans sugeriu que tirássemos da União Soviética nosso programa de treinamento? — pergunta Wolf.

— Porque afirma que, cedo ou tarde, Stalin firmará um pacto com Hitler e isso porá nosso programa em perigo — responde Willy.

— Isso é absurdo. Stalin é o pior inimigo de Hitler.

Enquanto os três homens conversam nessa casa, Leon tenta de adivinhar o que dizem, e o que vão decidir. Em outras casas, mais amplas, mais bem iluminadas, por toda a Europa, outros homens falam. Fala Hitler, fala Stalin, fala Von Ribbentrop, fala Chamberlain. Leon acha que, se puder adivinhar o que dizem os três homens, será capaz de controlar seu próprio destino, e também o da mulher que ele chama de Susana.

André pigarreia. Depois pergunta:

— E se Stalin assinasse esse pacto?

— O Partido teria de apoiá-lo — diz Wolf. — O pacto daria

aos soviéticos tempo para preparar-se. Que os malditos franceses e ingleses se matem lutando, entretanto. Afinal de contas, foram eles que estimularam Hitler, e permitiram que ele se armasse.

— Os que se matarão seremos nós — diz Willy.

— Se continuarmos protegendo infiltrados como Hans, sim — diz Wolf. — Se o continuarmos defendendo como você, em nome de sua amizade com Leon.

— Basta — diz André. Enche de água um copo, mas só toma um gole. — O que importa é que Hans chegará de Moscou em...

— Doze dias — diz Wolf.

— E o que você propõe?

Leon faz um esforço especial para entender o que Wolf responde.

— Devolvê-lo à Alemanha. Liberá-lo durante seis meses. Ver se a Gestapo o contata.

— E se não o contatar?

— Vamos recuperá-lo.

— E se o prenderem antes? — pergunta Willy.

— É o risco que corre qualquer um que volte à Alemanha — diz Wolf. — Aqui em Paris nos põe a todos em perigo. Especialmente a Leon, por muito que ele se empenhe em defendê-lo.

— Você o que pensa, André? — pergunta Willy. — Que pensam os de cima?

— O que penso — diz André — é que é preciso tomar uma decisão.

E, nesse momento crucial, suas vozes começam a sumir.

De repente, os três homens calaram para mim. Suas vozes se perdem porque o espelho que é Leon obscurece: já não reflete a palavra desses homens.

É inútil tentar ouvi-los sem a ajuda de Leon. Se ele não pode, ou não quer, continuar registrando o que dizem, se se nega a desentranhar qual foi a decisão deles, não se pode fazer nada.

Nada, exceto perguntar-me por quê.

Será que Leon não pode tolerar aquilo em que o mundo vai converter-se para ele, a partir do momento em que esses homens — seus companheiros de luta pela liberdade, os mais generosos e leais de sua geração, esses homens que hão de morrer um a um nos campos de concentração nazista — condenem Martim a uma morte certa sem submetê-lo a julgamento, sem nem ao menos terem provas, só por ter questionado os dogmas vigentes?

Será que Leon não pode conceber uma vida na qual tenha de lutar por esse mundo melhor, de que tanto falou em seus sonhos com Susana, ao lado de homens em que já não pode confiar?

Será por isso que Leon, como tantos homens de outros países e entre nós também, como tantos homens que acreditaram e continuarão acreditando em outras causas, ontem e amanhã, se nega a ouvir as palavras que poderiam destruir sua fé?

Ou talvez tenha medo de alguma coisa diferente, alguma coisa mais próxima. Medo de si mesmo, por exemplo. Medo do que sentirá no momento em que esses homens decidam desfazer-se de Martim. Será essa a zona de sua consciência em que me proibiu de entrar? Ou, antes, a estará proibindo a si próprio?

Contra minha vontade, contra minha própria necessidade de manter a lealdade em um mundo desleal, no silêncio que cresce como uma doença dentro de Leon, posso intuir uma pergunta que começa a subir à superfície, uma pergunta que me neguei a formular até agora, nem na forma mais confusa porque, se o fizer, dessa pergunta surgirá outra, e outra, e outra mais.

Que aconteceria se Leon estivesse esperando a decisão desses homens não com terror, mas com entusiasmo? Pois não é daquela decisão exatamente que ele precisa: que alguém elimine Martim? Isso não deixaria a mulher de Martim à sua mercê? E não foi isso que esteve planejando durante todos esses meses, manipulando aqueles homens naquela casa de Paris como se fossem ecos de seus próprios pensamentos, como se fossem os dedos de sua mão?

Então, com horror, descubro que esses são os pensamentos que aquele outro homem, o que permanece nas sombras, deixaria fluir de seu ser, calculando friamente o que mais lhe convém, em um mundo desleal. Aquele homem que se mantém oculto e vigilante nas sombras, aquele homem que não pode ser como Leon, que me nego a ver como um gêmeo de Leon.

Mas as perguntas dentro daquela pergunta se soltam, transbordam, e eu a vejo crescer como uma mancha que vai tornando a noite mais escura.

Como saber?

Como saber quem é Leon verdadeiramente?

Mal o camareiro leva o carrinho da comida, toca o telefone. Ela deixa tocar um pouquinho antes de atender.

— Leon?

— Ele mesmo.

— Há uma coisa que preciso perguntar-lhe. Sobre... essas cartas.

— Que cartas?

— As que Martim me enviava e você lia antes. Que coisas acrescentou nessas cartas?

— Você é que pode me dizer. Que coisas acrescentei?

— Na primeira nada, mas —

— Quem a postou foi ele próprio, antes de partir. Estávamos juntos no dia em que partiu de Paris.

— Mas na seguinte —

— Que foi que eu acrescentei?

— Essa evocação de meus peitos, vistos a distância.

— "O afastamento serve, primeiro, para escondê-la, depois para vê-la. Algum dia. Para que você se esconda e eu veja." Isso. Você descobriu que —?

— Martim nunca me tinha dito nada semelhante, nem em pessoa nem por escrito.

— E você gostou?

Por um instante ela se cala. Vindo de fora, ouve-se novamente o ruído agitado na rua.

— Como você pôde abusar assim da confiança de um companheiro de luta?

— Mas o que é que eu devia fazer?

— Contar a Martim o que tinha feito.

— Martim era meu único contato com você. Eu a tinha perdido. Até aquele momento pelo menos a tinha durante as noites. Mas quando você deixou de —

— Leon, não fui eu! Não tenho nada a ver com isso. Não entende?

— Se você tivesse reaparecido ao menos uma só noite, para aconselhar-me o que fazer, como sair dessa enrascada.

— Por isso você começou a se intrometer nas cartas de Martim?

— Quando li a primeira carta, antes de redespachá-la para você, e compreendi que você existia, e na mesma cidade em que fui criado... A idéia de não poder vê-la, nem ouvi-la, nem avisá-la. Com Hitler e sua maldita voz separando-nos para sempre... E aqueles pedaços de papel na minha mão, que estariam nas suas mãos em poucos dias; e essas palavras de Martim, tão chãs, tão formais, sem vislumbre da verdade que —

— Leon, isso não é justo.

— E a certeza de que eu poderia melhorar essas palavras infinitamente, porque eu, sim, a conhecia... Tinha a ponte para você em minhas mãos; como jogar essa carta na caixa do correio sem alterar-lhe nada? Teria sido como converter a ponte em abismo. E nesse momento tive a terrível intuição do futuro: essa cerimônia estúpida de ausência de comunicação a repetir-se sempre, enquanto Martim estivesse em Moscou, até que ele —

— Até que ele...?

— Até que ele voltasse a Berlim e eu nunca mais pudesse... Não me importei com as conseqüências. Tive de mandar um sinal elíptico de minha existência, para ver se você o reconhecia.

— Você tinha dito isso a ela em seus sonhos? Falara a ela assim sobre seus peitos?

— Tinha falado, sim, e você se lembrava.

— Não está correto.

— Você reconheceu essas palavras.

— Não.

— Sim.

— Está bem, está bem. Digamos que ressoaram para mim, me emocionaram. Havia algo de... familiar nelas. Como se eu provasse um vestido pela primeira vez e não se precisasse fazer o menor retoque. Eu lhe disse na carta de resposta. E aposto que você não mandou essa carta a Martim.

— Mandei. E a única coisa que suprimi foi a frase em que você respondia à minha mensagem.

— Um acesso de honradez, hem?

— Não. Não queria que Martim suspeitasse. Que pensaria ele se recebesse estas linhas? "Quanto a meus peitos, Martim, não sabia que seu contorno lhe causasse tanto prazer, nem tanta saudade a ausência deles; e concordo em que, agora que você está tão longe, também o sinto mais próximo do que quando estava aqui. Recoste-se em seu travesseiro parisiense, respire e sinta como meu alento também o espera além das fronteiras, do outro lado dos sonhos, para que eu também me esconda e você também me veja."

— E não lhe bastou isso? Tinha de meter a mão de novo quando Martim —

— Se você não me tivesse respondido, juro que teria abandonado o assunto. Cedi a iniciativa a você, como sempre foi entre nós.

— Sabe como me sinto?

— Espero que se sinta feliz de que alguém por fim a entenda.

— Como uma imbecil, assim é que me sinto. Escrevendo durante semanas a Martim quando na realidade —

— Você não sentia o que dizia nessa carta?

— Por ele! Sentia-o por ele, não por você!

— Alguma coisa não funcionava de todo bem entre você e Martim. Do contrário, você não teria respondido à minha mensagem. Respondeu a um amante que afinal a entendia, mas que na Alemanha tinha sido sempre um enigma, um mistério, um desconhecido.

— Isso não está correto.

— Mas você escreveu a mim.

— Não a você. A ele.

— "Você tem razão em dizer que a distância é um castigo, mas que pode também ser um destino. Sinto que você está me vendo mais claramente de Paris do que quando estávamos frente a frente, na triste neblina de nossa triste cidade. E creio que *isso*, também *isso* se arranjará quando nos reunirmos." Que significa *isso*?

— Não é o que você pensa. Nada sexual. O único problema que tínhamos pendente era a desconfiança dele, a falta de interesse dele pelas fotos de meus meninos, até sobre o que eu fazia com eles.

— Eu não escrevi essas palavras. Você as escreveu. E, nessas quatro cartas que enviou a Paris, ou sabia que estava escrevendo a alguém que não era, que não podia ser Martim.

— Pensei que Paris o tivesse mudado, que —

— Porque era um Martim de sonho? O Martim que você sempre quis a seu lado? Interessado naquilo que era central em você, capaz de fazê-la conhecer não só o prazer dele, mas seu próprio prazer: o prazer que dá uma voz quando conversa com alguém que responde e que não é um mero eco? Eu lhe disse sempre a verdade. Agora cabe a você dizer-me também a verdade. O que sentiu?

Ela não responde de imediato. Fixa a atenção numa colher com restos de açúcar e café que caiu no tapete quando o camareiro levou o carrinho do almoço. Uma mosca revolteia em torno da colher, pousa, retoma o vôo. Dá outra volta. Por um instante ela fica olhando o movimento da mosca na quietude quente da tarde parisiense, e depois diz:

— Gostava muito desse Martim.

— Ficava excitada?

— Ficava, sim.

— Desejava fazer amor com esse Martim?

— Sempre desejo fazer amor com Martim.

— Mas isso era diferente. Isso era novo, não é verdade?

Ela não responde. Ele espera e depois pergunta:

— Está acontecendo alguma coisa?

— Psssiu. Não fale.

— O que é que —?

— Psssssiu.

Passos no corredor. Foi o que ela ouviu. Não são sigilosos, não pretendem disfarçar sua presença: são três, talvez quatro pessoas, e pisam com firmeza, com autoridade, interessados em ser ouvidos, interessados em fazer baurlho, interessados talvez em perturbar. Param em frente à porta do quarto 242. Uma voz de homem pergunta alguma coisa em francês, e a voz alterada de uma mulher lhe responde no mesmo idioma. Só então batem à porta.

Com a mão ela cobre o fone e sussurra:

— Estão batendo à porta.

— Não pode ser. Dei instruções para que não a incomodassem em hipótese —

— Estão batendo, Leon.

— Deve ser um engano. Talvez o camareiro tenha esquecido —

— Há várias pessoas lá fora. Vários homens, uma mulher. Franceses.

— Não abra.

— E se tentarem entrar?

— Não podem. Deixei instruções muito claras para que —

— Estão entrando neste momento, Leon.

A porta se abre. Ela fala rapidamente.

— São três homens, Leon. E a arrumadeira, a que estava me olhando esta manhã. Estão entrando. Acho que... Dois deles são policiais.

— De uniforme?

— Um deles, o outro não. Mas também é policial.

— Como sabe?

— Não faça perguntas estúpidas.

— E o terceiro homem?

— Não creio que seja policial. Parece mais... Estão falando comigo, Leon. O policial à paisana está... Que faço?

— Pergunte se algum deles fala alemão.

Primeiro com o olhar, ela interroga os quatro. Depois, em seu idioma, mas não consegue terminar a frase. Não há longínquo resquício de entendimento naqueles olhos que a vigiam com desconfiança. Logo a arrumadeira interrompe o silêncio, excitada, quase triunfal, cacarejante. O policial à paisana a faz calar-se. Usando o mesmo tom de voz, peremptório, o policial agora gesticula, apontando para o telefone.

— Acho que querem o telefone.

— Não o solte.

Por um instante, ela consegue dar um tom de humor à sua voz.

— Dada a correlação de forças, não me parece que essa seja exatamente uma opção.

— Está certa de que são policiais?

— Claro.

O policial de uniforme se adianta e tenta agarrar o fone. Ela não o solta. Dá um passo para trás, esbarra na cama e cai sentada sobre o colchão. Como o policial continua avançando, ela continua recuando, deslizando sobre a colcha, com as pernas flexionadas.

— Você está? O que está acontecendo? Como é o terceiro homem?

Trata-se de um homem baixinho, careca, impecavelmente vestido, quase a caricatura de um funcionário, e ela fica olhando para ele.

— Acho que trabalha aqui no hotel.

— Deixe-me falar com ele.

Sem dizer uma palavra, ela estende o fone para o homem baixinho e careca.

— Mas não solte o aparelho.

O subgerente — pois é isso que ele é — não protesta. O fone continua na mão dela, que o ajeita para que o homenzinho comece a falar, o que ele faz com a tranqüilidade de quem viveu, em sua longa experiência como funcionário de hotel, ocorrências muito mais estranhas. Começa a falar, e ela não entende nada do que o homem diz ao telefone e não pode ouvir o que do outro lado Leon diz em francês, mas o tom do subgerente é cortês, e sua cabeça se move afirmativamente várias vezes. Quando o braço dela começa a se cansar, o homem se afasta e, com uma ligeira inclinação de cabeça, indica que ela deve falar, agora.

— Que houve, Leon? Que foi que ele disse?

— Temos um... problema.

— Não entendo.

— Não se preocupe, tudo se esclarecerá em... É tão estúpido. São acusações estúpidas.

— Que acusações?

— Essa idiota da arrumadeira. Meteu na cabeça que... Olhe, isso é tão ridículo que não vale a pena sequer você se preocupar. O subgerente é muito amável. Só quer que você responda a umas poucas perguntas dos senhores da polícia.

— Não vejo como vou responder-lhes, se ninguém aqui fala um pouco de —

— Já disse ao subgerente que me encarrego de tudo, que fui eu que paguei o hotel e que vou agora mesmo para aí.

— Virá? Com toda a certeza?

— Susana, há vinte e cinco anos que estou esperando por esse encontro. Estarei aí em dois minutos.

— Dois minutos?

— Estou no hotel defronte.

— Durante todo esse tempo você esteve —?

— Na dúvida, achei que era melhor estar por perto. Você pode ver que eu tinha razão. Agora você entrega seus documentos de identidade a eles e deve acompanhá-los.

— E que vamos dizer?

— Não se preocupe. Inventaremos alguma coisa.

— Mas se eles —?

— Não continue falando. Não queremos despertar suspeitas. A única coisa que importa é que, quando você me vir, me abrace como se me conhecesse muito bem.

— Como vou reconhecê-lo?

— Não terá esse problema.

— E como devo chamá-lo, quando o vir.

Há um momento de silêncio, mas logo ela continua:

— Não sei seu nome verdadeiro. Preciso saber teu nome verdadeiro.

— Max — diz ele.

De novo ela ouve o clique já familiar desse telefone, levanta os olhos pela primeira vez e olha com firmeza cada um dos presentes no quarto 242, que também a olham, a olham sem dizer palavra.

Não sei por onde vão trazê-la. Espero-a aqui, a meio caminho entre o elevador e a escada, para garantir que quando ela apareça me veja de imediato, e saiba imediatamente que estou aqui para protegê-la, assim como ela tem me protegido há vinte e cinco anos.

Abrem-se as portas do elevador e, com efeito, aí está ela, ladeada pelos dois policiais, o subgerente e a arrumadeira: pálida, digna, olhando por todo o *foyer*, buscando-me ansiosa. Não me movo. Sinto seu olhar passear pelo meu rosto e passar ao largo, sem o menor sinal de reconhecimento, pousar em outros rostos, voltar ao meu, continuar sua busca.

O subgerente, com uma reverência quase palaciana, convida-a a sair do elevador, mas ela ignora o gesto. Continua percorrendo interminavelmente o *foyer* com aqueles olhos que conheço tão bem e que entretanto me desconhecem.

O subgerente pigarreia, volta a insistir com um gesto mais enfático, ainda que sempre amável, mas outra vez é como se ela não o visse. Permanece imóvel, no meio do elevador, nem parece comovida com a situação, examina mais e mais vezes os rostos dos muitos homens que enchem o *foyer*, cada rosto, menos o meu.

— É claro — diz em francês o policial de uniforme — que não são horas de cortesias.

E vejo sua mão grossa agarrar o braço de Susana para tirá-la do elevador.

Então me ponho em movimento.

Não era assim o primeiro encontro que planejei para nós, não era assim que eu desejava que ela me visse pela primeira vez. Mas a esta altura não me resta alternativa senão adiantar-me até eles e dizer ao policial:

— Solte-a.

Disse-o num francês perfeito, um francês em que pretendo dissimular até o último resíduo de meu longínquo sotaque alemão.

— Se ela cooperar — disse o policial.

— Vai cooperar — disse eu.

O policial vacila por um instante, olha para seu colega e em seguida a solta.

Esse seria o momento para que Susana viesse até mim, como se encontrasse refúgio em meus braços. O momento em que eu tocaria pela primeira vez na doce pele de sua mão e sentiria seu hálito aquecendo meu pescoço e a cascata de seu cabelo roçando meu ouvido. Mas ela não fez o menor movimento para diminuir a distância que nos separava. Permaneceu no lugar em que o policial a deixou, sem dizer palavra, explorando com temor e curiosidade a cara que eu fazia. Gostaria de dar-lhe todo o tempo do mundo para que formasse sua própria opinião, para que buscasse na memória algum vestígio do homem que sonhou com ela em toda a sua vida, mas neste momento parece evidente que a demora se vai fazendo perigosa: o subgerente nos olha com um ar suspicaz. Olha para ela, que olha para mim e não me abraça.

— Que tipo de hotel é este — pergunto a ele, passando à ofensiva — que espiona seus hóspedes e permite que sejam publicamente humilhados, sem justificativa de nenhuma espécie?

— Se houve um mal-entendido, estou certo de que se esclarecerá em seguida — responde o subgerente. — Podemos ir ao meu escritório...

Saímos do *foyer* e dobramos por um corredor. Mas não nos tocamos ela e eu, não trocamos uma palavra, vigiados por quatro pares de olhos inimigos: o subgerente, os dois policiais e a arrumadeira, que fecha o desfile, balançando-se como uma cacatua às nossas costas. Logo o subgerente pára diante de uma porta e a abre, e de novo repete aquela reverência fora de moda, convidando os outros a entrar. Primeiro entra ela, depois eu, a seguir os dois policiais, e, quando a arrumadeira ia entrando, impede-a com um gesto brusco, batendo a porta na cara dela. Depois indica um sofá para que sentemos, mas ela prefere uma cadeira menos cômoda e solitária, e eu fico ao lado dela, ainda sem tocá-la, ainda sem saber através de seus dedos o que pensa de mim, sem poder comprovar se a temperatura de sua pele é tal como sempre imaginei.

— Muito bem — disse o policial à paisana. — Por que o senhor não começa a nos explicar o que tem a ver com este assunto?

— Sou um amigo dela e do noivo dela.

— Pode dar fé em nome dela?

— Claro.

— Há muito tempo que a conhece?

— Muitos anos.

— Você também é alemão?

— Sou.

— Bem...

— Mas vivo em Paris há seis anos, desde que se tornou impossível viver em meu próprio país.

— E por que fala tão bem o francês?

— É minha segunda língua. Por isso decidi vir para Paris quando os nazistas... Mas não vejo o que isso tem a ver com o caso. Não tenho muito tempo, nem ela. Se pudessem me indicar que provas existem, em que se baseia a acusação —

— Estão ansiosos, hem?

— É verdade.

— Para fazer o quê?

— Não entendo sua pergunta.

— Acho que a entende.

Nesse ponto, a voz dela interrompe a conversa, perguntando, em alemão:

— O que está acontecendo? O que é que esse homem está dizendo?

— Besteiras — respondo. E, virando-me para o policial: — Esta é a primeira viagem que ela faz à França e não sabe uma palavra de francês, de modo que é um absurdo considerá-la uma espiã. Ao contrário. Na realidade, ela acaba de chegar da Alemanha fugindo de um regime que vocês estão a ponto de combater. E, em vez de encontrar compreensão aqui, no seu primeiro dia em terra livre e fraterna, topa com —

— O que é que está dizendo a eles — interrompe-me ela de novo.

— Essa arrumadeira idiota a acusa de ser espiã.

— Espiã? Eu?

— Mas estou dizendo a eles que você está fugindo da Alemanha. De modo que —

— Isso não está certo. Não diga isso a eles. Se informarem às autoridades alemãs que —

— Você não está entendendo. Hitler invadiu a Polônia esta manhã. É a guerra.

— Meu Deus! — diz ela. Diz só isso. E me dá pena sua palidez, sua respiração entrecortada; dá-me pena ver suas mãos subirem até o rosto e o esconderem; dá-me pena sua dor, que é minha dor, por nosso pobre povo, nosso triste país, nosso século selvagem e cruel.

— O que é que ela está dizendo? — pergunta o policial sem uniforme.

— Que é inocente. Que é o cúmulo tratá-la assim, pois é evidente que está unida a vocês na mesma causa.

— Isso veremos — continua o policial à paisana. — Porque a nós a conduta dela parece altamente suspeita.

— Mas por que suspeita?

— Nove horas falando ao telefone. Parece-lhe normal que alguém fale *nove* horas ao telefone?

— Estava falando comigo.

— Nove horas?

— Tínhamos muitas coisas a nos dizer.

— Que coisas?

— Por favor, policial, o senhor é perfeitamente capaz de imaginar o que um homem costuma falar com uma mulher.

— E entretanto você estava no hotel em frente?

— Estava.

— Ainda vive em Paris?

— Vivo.

— Mas, em vez de encontrar-se com ela no quarto deste hotel ou em sua casa, como faria qualquer ser normal, estava conversando pelo telefone durante nada menos do que nove horas. E ainda quer que eu não pense que vocês tinham alguma coisa a esconder, que não queriam ser vistos juntos.

— Posso falar-lhe em confiança?

— Sempre pode falar-me em confiança. A mim e a qualquer policial deste país.

— Quando um homem e uma mulher tomam precaução para não serem vistos juntos... Sou amigo do noivo dessa moça, mas sempre gostei dela. Assim, estava dando o tempo necessário para... O senhor me entende.

— Você estava tentando seduzir a noiva de seu amigo?

— É um modo brutal de dizê-lo. Mas eu bem queria que ela tivesse me conhecido melhor antes de... O senhor sabe.

— Mas você acaba de me dizer que ela o conhece há muito, muito tempo.

— Não disse isso. Disse que *eu* a conhecia há muitos anos. E que por isso podia dar fé em nome dela. Foi isso que eu disse.

— E a máquina fotográfica?

— O que tem a máquina?

— É um modelo muito sofisticado. Ideal para espionagem. Você faz o texto, ela faz as fotos.

— Isso é ridículo. Que tipo de espionagem eu poderia fazer?

— Em que você trabalha?

— Eu estudo.

— Na sua idade?

— Faço uma pesquisa para meu doutorado.

— E com que dinheiro se dá ao luxo de pagar dois quartos em diferentes hotéis de primeira classe?

— Tenho meios independentes.

Neste momento, ela se põe de pé. Seu vestido azul toca ferozmente meu joelho, e sinto a dor de sua presença tão próxima do meu corpo como nunca tinha estado antes.

— Quero falar com alguém de nossa Embaixada. Quero que diga isso a eles.

— Não posso dizer-lhes isso.

— Por que não?

— Primeiro, porque a Embaixada deve estar fechando neste exato momento. Porém, mais importante ainda, porque acreditarão que você é culpada. Estou tentando convencê-los de que você veio fugida de Berlim —

— E eu insisto em que não pode dizer isso. Tenho de voltar para —

— Não poderá voltar.

— Que história é essa?

— Já não pode voltar.

— E só agora me diz isso?

— Pensava em dizer-lhe logo que tivéssemos —

— Pois vou voltar, diga o que disser. Você sabe perfeitamente que deixei dez meninos lá que... E toda a minha coleção de fotos. Não me importa que se tenha declarado a guerra. Vou voltar.

— O que é que ela está dizendo? — interrompe o policial à paisana.

— Está muito nervosa.

— Se é inocente — diz logo o outro policial —, não há motivo para estar nervosa.

— Claro que é inocente — digo eu. — O único pecado que essa moça cometeu foi falar longamente por telefone com um velho amigo sobre assuntos particulares, num dia muito especial. Tão especial que despertou compreensíveis suspeitas, por falar ao telefone e por ser alemã, em uma arrumadeira cheia de fervor patriótico mas um pouco histérica. De maneira que, se não há outra evidência —

— Infelizmente, para vocês, há outra evidência.

É o subgerente que fala.

Em alemão.

E continua se dirigindo a mim, agora, enquanto os dois policiais sorriem:

— Conheço seu idioma. Não somos tão ignorantes, os franceses. Você é um alemão que fala francês, eu sou um francês que fala alemão. Estou entendendo e sei que vocês estão fabricando uma história sobre a qual não estão de acordo, e sei que ela quer entrar em contato com sua Embaixada, e sei que o senhor disse que a polícia francesa é estúpida.

De repente, sinto os dedos de Susana entre os meus, como a mão de uma meninazinha que pede ajuda para descer uma escada. E, enquanto aperto com fervor sua mão, penso que só queria fechar os olhos e percorrer cada um desses dedos, depositar um beijo na palma de sua mão e provar o leve suor que brota entre as falanges, introduzir meu próprio polegar em sua boca e apalpar-lhe a carnosidade das gengivas, quisera que meus dedos molhados descessem por esses peitos que Martim nunca pôde descrever e que conheço muito melhor do que ele, quisera descer por seu ventre até seu clitóris, que foi o que acabou de me apaixonar por ela quando nos conhecemos, esse milagre da evolução humana que nenhum outro animal tem, só a mulher entre todas as espécies do universo, e eu o descobri naquela primeira noite há vinte e cinco anos, quando ela guiou meus dedos no sonho até esse pequeno nervo elástico que se foi fazendo feliz para minha mão apaixonada, e, ainda que não tivesse havido penetração, nem sequer quando Susana começou a se curvar, nem sequer quando meus dedos e depois meus lábios se umedeceram naquela umidade, eu me dei conta de que isso era o suco de seu amor chamando-me para que eu entrasse completamente em seu interior, e entretanto não entrei, nem nessa noite nem nas noites que se seguiram, porque devia esperar que isso fosse real, me disse, lhe disse, nos dissemos, e ela sussurrou que voltaria, voltaria quantas vezes eu precisasse dela, até o dia em que ela saísse pela porta dos sonhos e aí eu a encontraria diante de mim, e agora que por fim ela está aqui, ao meu lado, não há tempo, não há tempo, não há tempo, não entendo por que para gente como nós nunca há tempo.

Minha boca esperou vinte e cinco anos pelo momento em que o corpo de Susana se aproximasse e me convidasse, como no sonho, e o que minha boca tem de fazer agora para salvá-la é falar. Falar e falar. O que tenho de fazer é pensar urgentemente em que responder ao subgerente que nos encara com ar triunfal. Descobrir algum modo de sair deste labirinto.

— Está certo que estivemos discutindo, senhor — digo em francês, para que os policiais nos entendam —, mas repita-me alguma coisa que ela tenha dito, ou eu, que prove que somos espiões. Uma única coisa. Uma única frase nesse sentido que o senhor tenha ouvido em nossa conversa.

— Tenho visto e ouvido muitas coisas em minha vida, senhor — diz o subgerente, também em francês. — Especialmente nas trincheiras, lutando contra vocês, na Grande Guerra. E agora estamos nos enfrentando novamente. E os que não podemos voltar às trincheiras temos de ajudar a ganhar esta guerra como pudermos. Com estes olhos, com estes ouvidos. E vamos ganhar essa guerra. Como ganhamos a outra. Vamos dar-lhes uma boa surra.

Inacreditavelmente, os dois policiais aplaudiram o breve discurso do subgerente.

— Tomara — digo eu, felicitando-o à minha maneira. — Tomara que alguém dê uma boa surra nesses filhos da puta. Mas não vão ganhar a guerra perseguindo os inocentes que buscam refúgio em seu país contra —

O subgerente agora se dirige a ela em alemão:

— Senhorita, considera-se refugiada neste país ou pensa em voltar para a Alemanha?

— Quero voltar logo que possa.

— Ela não sabe o que diz — intervenho. — Bárbara, se voltar, vão matá-la.

— Por que irão matar-me? Não fiz nada.

— Tem de acreditar em mim.

— Esse homem não fala por mim — diz ela ao subgerente. — Rogo-lhe, senhor, que faça contato de imediato com a Embaixada de meu país para que se esclareça este mal-entendido.

— Não sou eu quem vai entrar em contato com o inimigo — diz o subgerente, e faz um gesto para os policiais. — Podem levá-los. Se precisarem que eu continue colaborando na investigação, como intérprete, estou mais do que disposto a acompanhá-los.

— A pátria lhe fica agradecida — responde com solenidade o policial fardado —, mas temos gente na delegacia que pode traduzir. O senhor já cumpriu mais do que com méritos o seu dever.

O policial tira do bolso um par de algemas e, com uma velocidade surpreendente, separa de minha mão a mão de Susana e nos algema.

— Que isto lhe sirva de lição — diz o subgerente, outra vez em alemão. — Diga às pessoas de seu bando que não se atrevam a usar meu hotel para conspirar contra a República.

— Aposto que há sete meses esse mesmo tipinho pregava a paz de Munique e a coexistência com Hitler — digo a Susana com desprezo. — Vá vendo: são assim esses filhos da puta.

Antes que o subgerente pudesse responder, os policiais nos empurram para a porta. Susana cambaleia e levanta o braço para tentar se apoiar na escrivaninha, deslocando violentamente meu pulso.

Mas não é a dor que me invade o que me domina e me sacode, mas, incrivelmente, uma alegria louca, totalmente irracional e inesperada. Sei que isso é o pior que podia ter acontecido. Sei que todos os meus planos se foderam. Sei que estamos fodidos ela e eu, e provavelmente também Martim e Cláudia e Willy e todos os outros. E sei que neste exato momento milhões de homens em todo o planeta estão se preparando para ir combater numa guerra em que morrerão eles e suas mulheres e seus filhos. Mas tudo isso parece longínquo e irreal ante o fato embriagador de que minha mão está indesligavelmente unida à de Susana, e que deverei segui-la para onde ela me levar.

É um milagre: como um deus ébrio e sábio, alguém completamente alheio a nós usou essas alianças de ferro para nos acorrentar, para nos unir num matrimônio delirante. É como se, afinal, alguém fora de mim estivesse nos juntando em sonho.

Quando ela recupera o equilíbrio, deixo cair minha mão suavemente e ela tem de baixar a dela com a minha. Então nos olhamos. E nos olhos dela creio ver que ela também se deu conta de que estamos agarrados como gêmeos no espelho infinito e quase eterno de nossos corpos.

Acho que Susana me reconhece.

E me sinto absurdamente feliz.

(Alguém se aproxima.

É o homem que aguardava entre as sombras, esse homem cuja existência Max ignora, esse homem que tem planos para Max e para a mulher que ele chama de Susana.

Ele se aproxima, e eu não sei como salvar Susana.

Para isso é que Max me deixou entrar em sua vida? Para que alguém como eu possa ajudar Susana? Sei que a Max não importa a própria segurança. Sei que não lhe importa o preço que tenha de pagar. Salve-a, a única coisa de que preciso é que a salve, diz, consigo mesmo, pedindo minha ajuda por cima do abismo dos anos que nos separam.

Se isto fosse um filme, e os protagonistas fossem americanos, lutando contra alguma ditadura hipotética em algum futuro remoto, os roteiristas saberiam encontrar uma solução, alguma forma de salvar Susana — e talvez Max também.

Mas isto não é um filme e eu não sei o que fazer.

Nem sequer sei se posso confiar no homem que diz chamar-se Max.

A única coisa certa é que, enquanto vacilo, Max e a mulher que ele chama de Susana foram embarcados num furgão de polícia e ouvem a chave na fechadura e depois o motor que ronca, e começam a rodar pelas ruas de Paris. E não sabem que há um homem que os espera, esse homem que se tinha mantido nas sombras até agora, esse homem que tem planos, esse homem que sabe, sim, como salvar Susana.

Que pode salvá-la.

Desde que Max esteja disposto a pagar o preço.)

Não há calma nem carinho na voz dela, mal se encontram a sós na jaula do furgão policial e podem falar.

— Filho da puta — diz ela.

— É mesmo. Fingir que não falava alemão e —

— Ele não! Você! Todos os seus planos se saíram como você desejava, afinal. Ou não?

— Que planos?

— Primeiro nossa correspondência, depois, me responde fazendo-se passar por Martim, depois me traz a Paris com uma história absurda.

— Certo, certo, tudo o que lhe —

— E, para cúmulo, quando a polícia me prende, mente descaradamente. E tudo para que eu fique nesta maldita cidade para sempre.

— Nada está saindo como eu —

— Olhe para você. Está radiante. Está feliz.

— Estou com você, Susana.

— Já lhe disse que não me chame de Susana!

— Por que então não desligou o telefone quando eu —

— E perder contato com Martim?

— Era a única razão para continuar conversando comigo?

— Era. Para arrancar-lhe alguma informação sobre Martim.

— Nenhuma outra razão?

— Nenhuma.

— Está mentindo.

— *Eu* estou mentindo? Você tem o descaramento de...? Não quero mais discutir com você. Você diz que eu poderia ter desligado quando me desse vontade. Muito bem. Considere que acaba de ser cortada toda comunicação entre nós.

— Susana.

Silêncio.

— Bárbara.

Ela continua sem responder.

Lá fora, na noite parisiense, há vozes que gritam. É a agitação de um povo excitado pela notícia da guerra. A guerra.

— Bárbara, não temos muito tempo. Tratemos pelo menos de salvar Martim e os outros. Preparemos uma estratégia para que possamos avisar a —

— Avisar o quê? Que você abusou da confiança de todos para nos trair?

— Para salvá-la.

— Para ficar comigo.

— Que posso fazer para que acredite em mim?

— Poderia contar-me a verdade.

— Não lhe menti nunca.

— Estou cansando de suas declarações românticas. Eu pergunto, você responde. Certo?

— Certo.

— Primeiro. Quando Martim chega a Paris?

— Depois de amanhã.

— Se ele partiu por um ano e só se passaram dois meses desde que —

— Tive de interromper seu treinamento.

— Por quê?

— Desavenças internas. Coisas da Organização. Coisas que não lhe interessam.

— Deixe que eu decida o que me interessa e o que não me interessa, está bem? O que você estava pensando em dizer a ele, depois de amanhã?

— Que sua volta para a Alemanha já está programada.

— Para quando?

— Imediatamente.

— E qual era o problema, então?

— É que a Gestapo aparentemente conhece a verdadeira identidade dele. Vão esperá-lo.

— E ele não sabe?

— Por isso tenho de encontrá-lo.

— Quer dizer que, se ele voltar, corre perigo?

— Corre.

— Não entendo. A Organização o traz de volta ainda que saiba —?

— É muito complicado. Nas últimas semanas, desde que Martim passou por Paris, mataram ou prenderam dois agentes de que eu estava encarregado, e há na Organização quem suspeite que Martim seja um traidor, um infiltrado, que esteja nos entregando um a um. Pensam que o melhor é desfazer-se dele, enviando-o de volta.

— E você não o defendeu?

— Acho que já não confiam em mim.

— Acha ou tem certeza?

— Certeza só tenho de minha própria existência. E, como proibiram que eu fizesse qualquer contato com Martim...

— Então como soube que ele vem?

— Um amigo me avisou.

— Willy?

— Como soube desse nome?

— Você me disse. Não é quem estava encarregado originalmente de Martim?

— Não me lembro de ter dito esse nome a você.

— Agora vai desconfiar de mim?

— Não.

— Como pensava em avisar Martim do perigo que corria se não podia vê-lo?

— Através de você.

— Mais mentiras!

— Planejava contar a Wolf, nosso chefe, que você tinha chegado a Paris de surpresa e tinha deixado uma mensagem a Martim na caixa postal. Eles não teriam outra opção a não ser pô-la em contato com ele, se não quisessem chamar-lhe a atenção. E, quando fizessem contato com você —

— Por isso você me trouxe, para que eu —?

— Queria salvar Martim, já lhe disse. Porém me interessava mais ainda salvá-la.

— Não vejo que perigo haveria para mim.

— Não se faça de ingênua. Se o prendessem, acha que não suspeitariam da noiva que anda dando voltas por Berlim tirando fotos com um grupo de crianças?

— E, se eu avisasse Martim logo que ele chegasse a Paris, e ele ficasse, e eu voltasse, o que poderia me acontecer?

— Se voltasse depois de estar com ele em Paris, suporiam que você também é membro da resistência.

— Meu pai jamais deixaria que —

— Seu pai não moveria um dedo para salvá-la, depois de saber que seu noivo trabalha conosco.

— Quer dizer que estou perdida, aconteça o que acontecer.

— Eu diria antes que está salva.

— Irresponsáveis de merda. Você e sua Organização, decidindo tudo acerca de mim sem consultar-me. Você, e Martim, e Willy, e esse Wolf, e sabe-se lá quem mais: são iguais aos nazistas. De tanto conspirar contra eles, acabaram parecidos com eles.

— Não está certo!

— Que pretendem: construir uma nova humanidade, libertar o homem, com esses métodos?

— Bárbara, tive de decidir tudo isso sem você só porque não estava aqui. Em meus sonhos, fazíamos tudo juntos. E agora que estamos —

— Juntos? Estamos presos, algemados, incomunicáveis. Que adianta que estejamos juntos?

— Pelo menos você poderá dar-me conselhos.

— Conselhos? Quer um conselho? Pare de mentir.

— Eu...

— Saiba que para mim dá no mesmo se está me contando a verdade ou se tudo é uma gigantesca fábula e você é que está traindo todos para poder descartar-se de Martim. A única coisa certa —

— Bárbara!

— A única coisa certa em tudo isso, a única coisa que pude comprovar até agora, é que finalmente você conseguiu o que queria: que eu abandonasse meus meninos em Berlim, viesse para Paris, e já não pudesse voltar para a Alemanha, e acabasse aqui com você. Foi isso que você planejou quando viu minha foto, não é verdade? Esses foram seus planos!

— Não.

— E tudo para fazer amor comigo. Ou nega que foi para isso? Não pretende ir para a cama comigo? Diga a verdade.

— Mas por uma noite só

— O que está dizendo?

— Por uma noite só.

— Você fez tudo o que fez por...? Isso lhe bastava? Uma noite?

— É tudo o que eu me permitia esperar.

— E depois dessa noite?

— Dependeria do que se passasse entre nós. Se você sentisse por mim o que eu —

— Estava disposto a deixar Cláudia?

— Não posso conceber a vida sem Cláudia.

— Mas não contou a ela nada disso.

— Pensava em contar assim que —

— Assim que passássemos uma noite juntos?

— Isso mesmo.

— E como acha que ela reagiria?

— Ela não vai deixar de amar-me.

— Você é um grande amante, hem?

— Não.

— Acredita que eu me apaixonaria perdidamente por você, que abandonaria Martim uma vez que —?

— Já lhe disse que não sou um bom amante, Bárbara. Não creio que possa competir com Martim na cama.

— O que você sabe sobre Martim na cama?

— Só o que ele me disse.

— Os homens dizem tantas coisas. Já me pareceria estranho se Martim me escrevesse que só queria uma noite mais comigo nesta terra. E se eu não quisesse uma noite com você, uma vez em Paris? O que haveria então?

— Nunca pensei nisso, nem sequer como uma possibilidade. Suponho que, se uma mulher não tem a generosidade suficiente para entregar-se a um homem que lhe tem sido fiel a vida toda, então esse homem terá de reconhecer que se equivocou. E apagá-la de sua vida. E continuar procurando. Porque a verdadeira Susana teria entendido isso.

— Mas eu não sou Susana.

— Isso não sabemos ainda.

— E como vai sabê-lo?

— Fazendo amor, Susana.

— Susana, Susana, Susana! Estou farta. Vou provar-lhe que não sou sua maldita Susana, Max. Esse é seu nome verdadeiro, não é?

— É.

— Vou provar isso a você. E sabe como? Voltando para a Alemanha. Para minha vida, para meu país, para meu idioma, para aqueles dez meninos que dependem de mim, aqueles meninos maravilhosos, que não sonham pornograficamente com mulheres impossíveis, mas com um país —

— Um país de merda.

— Pode ser, mas é meu país. E precisa de mim. Se saírem da Alemanha todos aqueles que odeiam o que está se passando, o que aconteceria com —?

— Bárbara, se você voltar, vão —

— Não me farão nada.

— Vão perguntar-lhe sobre Martim.

— E eu lhes direi o que sei de Martim: nada! Nada, nada, nada. Não foi por causa disso que ele me ocultou a atividade clandestina dele: para que eu não pudesse dizer nada a ninguém?

— Não lhe contou porque dissemos que era o melhor para você.

— Até quando decidirão o que é bom e o que é mau para os outros? Eu não lhes pedi que me protegessem. Não preciso de que me protejam.

— E Martim? Ele não precisa de que o protejam?

— Só quero que me deixem em paz. Você e Martim e sua Organização.

— Não posso acreditar que esteja me dizendo de verdade essas coisas.

— Porque não sou como a sua Susana, hem? Porque não sou um bom soldadinho obediente até o fim, que faz tudo o que você pede em seus sonhos? Porque não estou disposta a sacrificar-me por você, nem a viver o resto da vida entre estrangeiros, errando sem rumo? Pois é bom que você vá se acostumando à idéia de que não sou como ela. Porque não *sou* ela! Está convencido?

Há vários minutos que o furgão parou, que chegaram ao quartel de polícia. Agora a porta se abre, e o policial à paisana lhes diz em francês que desçam. Mas, antes que o façam, o homem que diz chamar-se Max levanta a mão algemada até o rosto dela e lhe ajeita uma mecha rebelde de cabelo que cai sobre a fronte. E lhe diz, com uma doçura que não parece fingida:

— Não.

(E se Max estiver me enganando, e se durante todo esse tempo estiver enganando essa mulher a que chama Susana? Fazendo-me crer que é inocente, quando talvez tenha sido ele que traiu seus companheiros de Organização para culpar Martim, a fim de ficar com essa mulher?

Por que, se ele não os traiu, então quem foi?

Assalta-me a possibilidade louca de que poderia ser Wolf ou Willy ou qualquer dos outros. Mas qual seria seu motivo?

Por certo, sempre fica a possibilidade de que haja sido esse outro homem, o homem das sombras de que tive medo desde que comecei a ouvir a conversa de Max e Bárbara.

E, no entanto, por muito que continue e continue anunciando sua iminente aparição, comecei a perguntar-me se não o inventei para salvar Max. Para salvar esse exilado a que me sinto unido como a um gêmeo doente.

Max precisa juntar-se a Susana. Quanto a mim, precisei desde o princípio que esta não fosse a história de um traidor. Preciso assegurar-me de que de todo modo seja possível, em tempos como os nossos, contar, ainda que apenas uma vez, uma história cujo protagonista seja — sim, vou escrever a palavra — bom.

De maneira que agora me esforço para ver Max no momento em que lhe tiram as algemas, quando o separam da mulher dos seus sonhos, quando voltam a algemá-lo, com as mãos às costas, e lhe ven-

dam os olhos, e o levam a um quarto vazio, e o deixam só, esperando.

Se pudesse medir sua reação, se pudesse ler a expressão de seu rosto, se pudesse ter certeza do que ele está pensando...

Mas perdi todo seu rastro.

Estou de novo nesta casa de onde escrevo, num país que não é o meu, muitas décadas mais tarde, eu mesmo um sobrevivente, incapaz de fazer alguma coisa por Max, ou por Susana, ou por qualquer outro dos habitantes deste mundo, tão desesperado por estabelecer a inocência de meu amigo que me descubro absurdamente especulando se Cláudia é talvez a traidora, sem nenhuma prova para sustentar minha suspeita, que repousa apenas sobre o estereótipo insignificante da esposa doente de ciúmes que tece uma conspiração sinistra para se vingar do homem que a enganou.

Se isto fosse um filme, esta história terminaria com um final feliz, com uma última volta no parafuso que garantiria a recompensa aos inocentes e o castigo aos vilões. Max quer salvar Susana? A qualquer preço? Façamos com que Susana pertença também à Organização, que seja a encarregada de descobrir o traidor que se infiltrou, que por artes de magia deixe de ser a mulher passiva, manipulada, que conhecemos até agora, e se converta em alguém que controla plenamente o que está se passando. Façamos com que ela faça a Max o que Max fez a ela: mentir, dissimular, saber mais do que diz. Façamos com que Martim seja uma peça de seu plano, e a polícia francesa outra, e os empregados do hotel outra peça mais. Que todos eles colaborem, com conhecimento ou involuntariamente, nesse plano que terminará desvendando quem é o homem que traiu a causa e os homens que confiaram nessa causa.

E como estar seguro de que não foi isso o que ocorreu, de que finalmente não é essa a maneira pela qual milhões de espectadores conhecerão a história de Max? Acaso tenho poder para impedir que esse seja o final?

Claro que, enquanto medito sobre esses dilemas, e começo a la-

mentar minha própria impotência, e traço estratégias literárias, e julgo a moralidade de um mundo que produz tanta falácia e sofrimento, a única coisa que verdadeiramente importa é o fato de que deixei Max sozinho.

E que esse outro homem que, sim, tem planos para Max se aproxima mais e mais.

Se é que esse homem existe.)

Uma das duas vozes diz:

— Max, há uma só coisa que realmente queremos saber.

— De fato — diz a outra voz. — Uma só coisa.

— Você se deitou com ela, Max?

— Não sei a quem o senhor se refere.

— À sua mãe! A quem estaremos nos referindo? À garota, Max: Bárbara. Você se deitou com ela?

— Não.

— Então para que a pôs naquele hotel de luxo? Para que pagou a passagem dela?

— Já fiz uma declaração preliminar a seus colegas. Trouxe-a de Berlim porque lá ela corria perigo.

— E de onde vem tanto interesse por ela?

— É a noiva de Martim, um amigo.

— Um amigo que com toda a segurança ratificará sua história, não é verdade, Max?

— Se eu soubesse onde ele está, tenho certeza de que... Só sei que estuda arquitetura na Sorbonne. Encontro-o de vez em quando num bar que freqüento, perto de Montparnasse. Muitos alemães fazem desse bar seu ponto de encontro para —

— Ele também é exilado?

— Não, ele pensa em voltar.

— Então, por que freqüenta esse tipo de lugar? Não é perigoso para ele ser visto em companhia de refugiados?

— Essa pergunta teria de ser feita a ele.

— E quando o viu pela última vez, Max?

— Há umas poucas semanas. Dizia-me, na ocasião, que pensava em fazer uma viagem pela Itália, a fim de ver uns monumentos, umas igrejas...

— Muito convincente, Max.

— Se me permite, senhor, em tempos como estes não se anda por aí perguntando a alguém onde vive. Nem sequer sei seu sobrenome.

— Mas, por outro lado, sabe bastante da noivinha dele, não?

— Não é — emenda a segunda voz — que estejamos criticando seu gosto por mulheres.

— Ao contrário. Se ela estivesse verdadeiramente em perigo, Max, parece-nos que valeria a pena fazer um esforço para salvá-la.

— É isso aí. Se ela estivesse verdadeiramente em perigo.

— Estava em perigo. Faz uns dias, soube por um amigo que vinha da Alemanha —

— Um amigo comunista?

— Um comunista como você?

— Não sou comunista.

— Há gente que diz que sim, que é.

— Essa foi a informação que obtivemos, Max.

— É uma mentira.

— Está nos acusando de mentirosos?

— Está acusando a nós?

— A vocês, não. A seus informantes.

— Desconfia de nós, hem, Max?

— Sou eu que estou vendado, não?

— Não gosta que tenhamos vendado seus olhos?

— Não é um gesto muito amistoso.

— Não crê que sejamos seus amigos?

— Deveriam sê-lo, uma vez que estamos lutando contra o mesmo inimigo.

— Erro seu, Max.

— Como diz meu colega, você está errado. Porque vocês, comunistas, são amigos de Hitler agora. Ou não?

— Já disse que não sou comunista, mas não me parece justo afirmar que os comunistas sejam amigos de Hitler. Pelo que tenho lido, são seus piores inimigos.

— Você lê muito, hem, Max?

— Leu os jornais de 24 de agosto?

— Leio os jornais todos os dias.

— Leu então sobre o brinde entre Stalin e Von Ribbentrop?

— Leu o que disse o camarada Stalin em seu brinde?

— Brindou à saúde de Hitler, Max.

— E acrescentou que Hitler era amado por seu povo.

— Uma pena que nosso amigo Max não tenha tido oportunidade de ler também os jornais do dia seguinte.

— Do dia seguinte?

— É, do dia 25 de agosto. Já não pôde ler os jornais desse dia, hem, Max?

— Não sei a que se refere.

— Meu colega se refere ao fato de que no dia 25 de agosto a edição de *L'Humanité* foi confiscada. Você conhece *L'Humanité*, órgão do Partido Comunista?

— Conheço.

— Ou acaso pensa que é bom que os amigos de Hitler possam continuar publicando sua propaganda bolchevique? Ou pensa que essa guerra se ganha com quinta-colunistas e infiltrados, gente que num dia odeia Hitler e no dia seguinte brinda com ele?

— A quem se referem? Àqueles que meses atrás assinaram o Tratado de Munique, àqueles que contemplaram passivamente Hitler invadir a Tchecoslováquia?

— Parece que Max está nos criticando.

— Parece que Max está jogando merda no país que lhe deu refúgio.

— Faria bem a Max ler outro tipo de jornal.

— Tenho aqui um exemplar de *Je Suis Partout*, publicado pela Action Française. Gostaria de ler um exemplar, Max?

— Não leio jornais fascistas.

— São fascistas, mas amam a pátria. Action Française. O nome o diz.

— Gente que não crê que esta seja uma guerra imperialista, como dizem os comunistas, Max.

— Como dizem os judeus.

— Você é judeu, Max?

— Não.

— Verdade?

— Pensei que Max fosse um nome judeu.

— Não sou judeu, mas, se fosse, não vejo o que isso teria a ver com —

— É que você se pôs a fazer acusações gratuitas.

— Como os judeus fazem tantas vezes.

— Exato. E não gostamos disso. Poderíamos até dizer que isso dói em nós. Ou precisamos lembrar-lhe quem é o acusado aqui?

— Não preciso que me lembrem.

— Não somos nós que temos de dar-lhe explicações. Não fomos nós que introduzimos no país uma mocinha alemã com uma máquina fotográfica último modelo. Não fomos nós que nos pusemos a dar-lhe instruções telefônicas durante nove horas.

— Já lhes disse que fiz isso para salvá-la. Que soube por um amigo chegado da Alemanha que lá ela estava em perigo, que estava sendo vigiada pela Gestapo.

— E esse amigo também não está em Paris, não é?

— Mas, supondo que o que você disse seja verdade, Max —

— Apenas supondo, Max.

— Ainda que seja verdade, não se entende por que queria salvar precisamente essa moça e não tantas pessoas que —

— Tinha razões particulares.

— Talvez você queira compartilhar essas razões tão *particulares* com seus novos amigos.

— Ou será que não tem confiança em nós?

— Nunca contei isso a ninguém.

— Nem sequer à sua mulher, Max?

— Especialmente não o contaria à minha mulher.

— Sua mulher é bonita, não é verdade, Max? Cláudia?

— E deve ser mais bonita ao vivo do que nesta foto.

Nesse momento ouve-se uma terceira voz na sala, uma voz que até então não tinha sido ouvida.

— Passem-me essa foto.

— Veja, chefe, que nosso Max deve ter seu encanto, porque esta também é muito bonita. Um pouco maior que a outra, mas...

— Com razão nosso Max não quer contar à sua esposa o que anda fazendo com Bárbara, não é, chefe?

Há uns momentos de silêncio. Os dois interrogadores esperam a resposta do chefe. Mas a resposta não vem. Então, uma das duas vozes diz:

— Mas a nós você vai contar o que fazia com a moça, não é, Max?

— Por que não começa a nos explicar isso, Max? A moça diz que nunca tinha ouvido falar de você antes de chegar ao hotel. Você, de seu lado, declara que a conhece. Vamos ver: "... há muitos anos." Textual.

— Ela não me conhece, mas eu a conheço... Meu amigo Martim me mostrou há tempos uma foto e disse que era sua noiva. E eu... Eu a reconheci de imediato.

— Se bem entendo, você a conhecia de antes?

— O que vou lhes dizer é muito delicado e íntimo. Um segredo.

— Você mesmo não disse que temos o mesmo inimigo, Max?

— Por favor, não o digam a ela. Por favor. Conheci-a em Berlim. Muito tempo antes de deixar a cidade. Em frente ao jornal onde eu trabalhava. Ela freqüentava um colégio. Perguntem a ela. Perguntem se seu colégio não ficava defronte a um jornal. Todos os dias eu via as meninas entrando e saindo. E houve uma em particular que me chamou a atenção. Por sua vivacidade. Pelo que tinha de selvagemente bela. É como se a estivesse vendo agora mesmo.

— E essa menina era Bárbara?

— Era.

— De que ano estamos falando?

— Faz uns dez anos. Aí por 1928, 1929.

— E quantos anos ela tinha?

— Teria uns 9, ou 10.

— Você é um degenerado, Max.

— Judeu, comunista e, para cúmulo, degenerado.

— Era um amor absolutamente puro, absolutamente distante. Jamais me aproximei dela. Não a toquei, não falei com ela, não verifiquei seu endereço, nada.

— Não se faça de inocente conosco, Max. Você tinhas alguma fantasia com ela, não tinha?

— Nesse mundo violento, caótico, em que tudo ia se corrompendo minuto a minuto, meu único consolo era vê-la brincar, pular, especialmente rir. Seu riso atravessava a rua, por sobre o tráfego berlinense, sobre os transeuntes, sobre as primeiras tropas nazistas que marchavam e gritavam... E me rejuvenescia, me ajudava a passar a noite pensando que na manhã seguinte a veria novamente. Me ajudava a suportar o dia, pensando que de tarde voltaria a ver seus cabelos ao vento —

— Nosso Max não quer admitir que estava excitado. Esses alemães...

— Não entrou nada de sexo em meu pensamento sobre ela. Têm de entender! A crise era terrível, os que se opunham a Hitler estavam cada vez mais divididos, e, nesse panorama deprimente, ela era a imagem viva de uma esperança que... Se soubessem como tinha saudade dela aqui em Paris! Por isso, quando meu amigo me mostrou essa foto... Não imaginam a felicidade que me deu saber que ela existia.

— Como assim? O que é que você disse, Max?

— Disse que ela existia?

— Que ainda estava viva. Os nazistas poderiam tê-la —

— E como sabia que ela própria não se tinha tornado nazista nesses anos, Max?

— Ela disse que o pai tem um posto importante em Berlim, Max.

— Vocês acreditam que uma nazista andaria entregando máquinas fotográficas a meninos de rua para que fotografassem seus sonhos?

— Uma boa maneira de espionar os concidadãos, Max.

— E, além de tudo, você não sabia a profissão dela, nem sabia dos meninos, quando começou a planejar trazê-la para Paris.

— Não havia necessidade de saber.

— Porque a desejava, Max. Vamos. A nós podes contar a verdade.

— É verdade, eu a desejava.

— Nosso Max está começando a nos dizer a verdade. Tudo isso da Gestapo são histórias, não é?

— Não, não são mentiras, ela está mesmo em perigo.

— Vamos, Max, está dizendo isso porque não quer que a devolvamos para a Alemanha, hem? Para que possa ficar com ela.

— Ela não quer nem voltar a ver-me. A única coisa que importa agora é que não volte para a Alemanha. Se podemos salvá-la...

— E onde você arranjou o dinheiro, Max?

— Uma herança que recebi há alguns dias. Morreu um irmão meu.

— E quem lhe trouxe o dinheiro, Max?

— O mesmo amigo que —

— Claro, claro. O mesmo que o avisou de que a procuravam para matá-la. E esse amigo já terá voltado para a Alemanha, não é?

— É isso.

— E você gastou todo o dinheiro com ela?

— E apesar de toda essa inversão de capital, Max, não conseguiu dormir com ela?

— Não.

— Mas ao menos você terá se masturbado enquanto falava ao telefone?

— Não.

— Foram nove horas. Que fazia você enquanto falava ao telefone, além de transmitir-lhe informações que ela levaria de volta a seus amigos nazistas?

— Vocês são profissionais.

— Muito obrigado.

— Portanto, sabem que os alemães não mandariam uma pessoa assim para que fizesse contato com um exilado que —

— Um comunista que diz ser exilado.

— Agora vão me dizer que tampouco acreditam que sou exilado?

— Por que você saiu da Alemanha, Max?

— É, Max, essa é uma coisa que nos intriga. Deixeme dizer-lhe que eu jamais sairia da França. Não poderia viver longe da terra que me viu nascer.

— O que há é que os comunistas e os judeus não acreditam em pátria. Não têm pátria.

— Por isso você saiu, Max?

— Saí porque iam me matar. Como vocês teriam saído se os —

— Nós não somos covardes.

— Nós não abandonaríamos a pátria.

— E se os nazistas invadissem a França?

— Derrotistas. Vovê vê o que eu lhe dizia? Além de judeu e bolchevique. Esses tipos são todos iguais.

— Você tinha razão.

— Queremos que saiba, Max, que os nazistas não vão entrar na França. Não vão tocar em nenhum centímetro de nosso país. E sabe por quê?

— Porque nós estamos aqui, vigilantes, assegurando que a pátria se mantenha limpa e sã, sem agitadores, sem espiões, sem estrangeiros que nos tragam problemas.

— E, por isso mesmo, sabe o que vamos fazer com você, Max?

— Vão me libertar.

— Tem muito senso de humor, Max.

— Max, Max. Você já sabe que vamos deportá-lo para a Alemanha. Você tinha de saber que íamos fazer isso com você.

— Senhores, pensem que me estão condenando à morte.

— Já está se tornando melodramático. Se você não tem nada a temer, Hitler o receberá de braços abertos. Agora que você é tão amigo de Stalin.

— E ela, que farão com ela?

— Vamos deportá-la também, para que lhe faça companhia.

— Não, não a deportem. Deportem a mim, se quiserem, mas não a —

— É ela que quer voltar, Max.

— E se eu pudesse convencê-la —

— Ela afirma que não quer mais falar com você.

— Mas talvez, Max, quando vocês dois estiverem de volta à Alemanha, o coração dela amoleça um pouco.

— Por favor, não a deportem.

— Ah, Max, Max. Temos de cumprir o nosso dever. Não podemos nos arriscar. Gente como vocês pode estar passando informação ao inimigo. É com a informação que se vai ganhar ou perder a guerra que vem por aí. Acabamos de declará-la, sabia? Na Assembléia. Até os comunistas votaram a favor.

— Mas não votarão por muito tempo. Logo, logo os poremos fora da lei, Max. Bateremos duro neles, Max, e quando isso acontecer você vai dar graças a Deus de estar de volta são e salvo à sua pátria nazista.

— Não estou sentindo muita gratidão em nosso Max.

— E nós que acreditávamos que nos agradeceria muito...

— Porque a outra alternativa era que os executássemos, a você e a ela, como espiões.

— Mas talvez nosso Max não esteja agradecido por não saber que temos um presente para ele.

— Um presente de aniversário. Porque ontem foi o dia do seu aniversário, Max, e ninguém o comemorou.

— Para que ninguém diga que não temos bom coração.

— Para que ninguém se queixe de nossa hospitalidade.

— Achamos que, já que foi tal o seu insucesso com a moça...

— Já que não a saboreou bem saboreada...

— Achamos que você se alegraria se lhe trouxéssemos sua esposa.

— Cláudia, não é?

— Porque não nos agrada separar as famílias. Quando o homem da família viaja, gostamos que a mulher o acompanhe.

— Foram buscar Cláudia?

— Ainda não, Max. Esperávamos a aprovação do chefe para ir buscar seu presente, para que você possa viajar acompanhado, com ela e com a moça, claro, de volta a seu país. Só precisamos da aprovação do chefe.

Há uma longa pausa. Em seguida ouve-se a outra voz, a voz do terceiro homem, do homem que até agora ficou em silêncio.

— Talvez não seja necessário — diz a voz. — Talvez Max tenha alguma coisa mais a nos dizer.

Durante um bom espaço de tempo nenhum dos homens diz uma palavra, esperando a resposta de Max.

— Talvez pudéssemos chegar a um acordo.

— Talvez, Max. Mas, antes de negociar um acordo, você terá de nos contar a verdade. Não lhe parece justo?

— É justo. Talvez seja a hora de contar-lhes a verdade.

— Seria um bom começo, Max.

— E em troca de minha cooperação...?

— É possível que lhe façamos um favor.

— Só há um favor que me interessa.

— Salvar a garota. E também sua esposa, talvez.

— É isso.

— Nada mais do que isso?

— Uma coisa mais.

— Posso imaginá-la. Talvez você goste de ver a moça pela última vez — diz a voz do homem que eles chamam de chefe. — Talvez queira passar umas horas sozinho com ela antes de o deportarmos para a Alemanha. Gostaria disso, Max?

— Gostaria — diz a voz do homem a que eles chamam Max.

(Agora que estamos chegando ao fim, agora que começa a emergir das sombras a identidade daquele homem que desde o princípio tanto se interessou por Max, agora que levaram Max e eu não posso segui-lo, agora que Max fechou seus pensamentos para mim porque o abandonei, começo a ter dúvidas sobre a pergunta que estive fazendo a mim próprio.

Algumas vezes me perguntei como Max poderia salvar Susana.

Mas quem é Susana? Poderia realmente ter sido durante todo esse tempo um membro da Resistência? Por que não procurei penetrar em sua mente, em seu coração, em seu passado? Por que aceitei conhecê-la apenas através dos olhos de Max? Por que supus automaticamente que essa mulher precisa de alguém que a salve? Por que não supus, de modo mais razoável, que ela própria é perfeitamente capaz de conseguir aquilo de que precisa?

A verdadeira pergunta deveria ter sido: Como pode Susana salvar-se a si própria?

É uma pergunta que comecei a formular muito tarde. Já não há tempo para procurar Susana. Quando separaram os dois no quartel de polícia, escolhi seguir Max, como antes, desde o princípio, escolhi escutar a voz dele, e não tive acesso à voz dela. E assim agora não sei para onde a levaram.

E essa mesma pergunta é a que Max deve estar fazendo a si próprio neste mesmo momento.

Mas agora tampouco a ele posso ter acesso.

Só sei que está num lugar escuro, que fala através de sussurros, que se move lentamente para que ninguém possa vê-lo.

Esconde-se.

Não confia em ninguém.

Tem uma última história para contar. Mas não há quem o escute.)

— Estão esperando a senhora lá em cima — diz o porteiro do edifício, e olha Cláudia como se ela não existisse, olha Cláudia como o que ela é: uma mulher que não tem quem a defenda no mundo, uma mulher cujos amigos estão todos presos. Ou na clandestinidade. Ou fugindo.

É um olhar que já está calculando o total do depósito que poderá ser cobrado de um novo inquilino.

E, apesar de tudo, enquanto sobe lentamente a escada, Cláudia consegue esquecer esse olhar de avareza explícita, consegue fingir que não é a polícia que a espera lá em cima, mas Max. Tem de ser Max, que terá voltado para casa a fim de cumprir sua promessa, a promessa de protegê-la em qualquer emergência.

Trata-se de uma esperança absurda. Mas persiste. Até quando encontra a porta entreaberta e antecipa essa presença alheia em seu lar e finalmente vê aquele homem que é, sem nenhuma dúvida, um policial, sentado na mesa da cozinha como se fosse o dono da casa. Até mesmo nesse momento, Cláudia não perde a esperança de que tudo vá se arranjar, porque agora o homem se levanta com cortesia e sorri. Por um momento, o homem não diz nada. Cláudia vê na mão do policial a foto dela que Max sempre carrega na carteira.

— Cláudia?

— Sim. E você é...?

O homem espera um instante, mas olhando-a intensamente.

— Michel Bernard — responde finalmente, mas sem oferecer-lhe a mão. — Da *Sureté*. Venho da parte de seu marido.

— Max está...?

— Sente-se, Cláudia. Se não se importa, vou chamá-la de Cláudia. Tenho uma mensagem para transmitir-lhe.

— De Max?

— Sente-se.

Cláudia senta-se.

— Quero começar por garantir que não vou prendê-la. Não é para isso que estou aqui. Quero garantir-lhe que não tenho a menor intenção de causar-lhe problema algum.

Cláudia não diz nada.

— Você pensava, sem dúvida, que eu tinha vindo para isto, não é? Para prendê-la.

— Nos últimos dias prenderam quase todos os meus compatriotas refugiados.

— Quase todos, é verdade.

— E não vejo por que eu haveria de ser uma exceção.

— Ah, mas é. Você é.

— Não vejo por que motivo.

— E se eu lhe dissesse que é por seu marido?

— O que houve com Max? Onde está ele?

— Antes de prosseguir, espero que entenda que o

que vou contar-lhe deve ser mantido sob a mais estrita reserva.

— Levamos anos lutando contra uma ditadura. É inadmissível que não confiem em nós.

— Confiamos. Precisamente por isso é que você não será presa, ao contrário de tantos compatriotas seus.

— Onde está Max?

— Ele me pediu que explicasse a você —

— Onde está?

— Voltando para a Alemanha.

— Não é possível.

— Deportado por nosso governo.

— Mandaram Max de volta para a Alemanha...?

— Graves acusações pesavam sobre ele.

— Que tipo de acusações?

— Espionagem.

— Isso é absurdo. Ninguém em seu juízo perfeito pode acreditar que —

— A verdade é que eu, pelo menos, não acredito.

— Você o interrogou?

— Dois de meus colegas. Mas eu estava presente.

— E fizeram-lhe...? Fizeram-lhe...?

— Nem o mais leve arranhão, Cláudia. Só algumas perguntas, e um pouco de pressão, para conseguir resultados.

— Que resultados?

— Que seu marido partisse voluntariamente para a Alemanha, a fim de trabalhar para nós ·

— E o que os leva a crer que ele poderá ser útil a vocês?

— Max tem contatos em Berlim. Contatos que nos podem ser muito úteis.

— E vocês acreditam...?

— Acreditamos.

— Isso é uma loucura! A Gestapo o agarrará num abrir e fechar de olhos. Em Berlim sua vida não vale um —

— Foi o que ele disse inicialmente. Mas nós pensamos que não. Claro que, se ele começar a trombetear suas idéias sobre o regime nazista, será preso no ato, e talvez até o executem. Mas este é um momento muito especial para a Alemanha, um tempo de revolta. Agora que Hitler e Stalin firmaram um pacto e se tratam como amigos, não será estranho que um exilado alemão com idéias bolchevistas decida pôr-se a serviço de sua pátria numa guerra contra os países capitalistas, não é verdade?

— Max jamais —

— Se quer sobreviver, fará isso. Imaginemos: um deportado alemão, expulso da França sob a acusação de espionagem... Acho que o receberão de braços abertos.

— Mas será que os nazistas pensam assim?

— Você há de reconhecer que seu marido é um homem... convincente.

— Não sei a que se refere.

— Um homem em quem as pessoas sempre acreditam. Um homem que sempre parece estar dizendo a verdade, até quando alguém acaba de apanhá-lo na mentira mais inverossímil. Antes que conseguíssemos que dissesse a verdade, no interrogatório, conduziu-nos por um labirinto de histórias mais que plausíveis, altamente persuasivas. Entende de que estou falando?

— Entendo, sim.

— E, se pode fazer isso conosco, e com vocês, suponho que —

— Ele nunca mentiu para mim!

— Exato. Isso é o que queremos que os nazistas pensem. E não estávamos perdendo nada ao aceitar sua oferta. Se ele se equivocar, o primeiro prejudicado será ele. E, em vista do pouco que pediu em troca, decidimos —

— Que foi que ele pediu?

— Duas coisas. Nada, a rigor. A primeira: que não deportássemos Cláudia, que a deixássemos tranqüila aqui em Paris. O que para dizer a verdade nos convém, uma vez que sua permanência em nosso território garante que ele siga cooperando.

— Como posso saber que o que você diz é verdade? Como posso saber se você é quem diz que é?

— Temos testemunha, Cláudia, se é preciso alguém que o —

— Quem?

— Tem relação com a segunda coisa que Max pediu. Há outra pessoa que ele queria salvar de ser deportada.

— Quem? De quem está falando?

— Se você for ao seu quarto, Cláudia, encontrará ali dormindo uma moça chamada Bárbara.

— Não conheço nenhuma Bárbara. Ninguém com esse nome vive aqui.

— É a filha de seu marido.

— Não temos filhos.

— Eu disse de seu marido.

— Max não tem uma filha.

— Precisamente. É uma coisa que Max escondeu de você, e ele lhe pede perdão por não tê-lo confessado nunca. Temia que a revelação fosse dolorosa para você. Mas essa moça é filha de um amor que ele teve antes de conhecê-la, Cláudia. E Max me encarregou de pedir a você que... que você saiba compreender. Ele era muito jovem. Dezessete anos, parece, e...

— E manteve contato com ela durante todos estes anos?

— Ah, não. Mas há uns meses, um jovem estudante alemão que ele conheceu aqui, num café, falou-lhe de sua noiva, e mostrou-lhe uma foto, e Max reconheceu no ato sua filha. A história é longa. Mas, resumindo, depois de muitos esforços, conseguiu trazê-la a Paris.

— Para quê?

— Diz ele que para salvá-la. Mas houve um pequeno problema. Quando os prendemos, ela disse que não tinha interesse em ficar aqui.

— Queria voltar para a Alemanha?

— Queria.

— E como é que a convenceram a ficar?

— Ninguém a convenceu. Só fizemos o que Max nos pediu: ao deportá-lo, negamo-nos a entregá-la. Não foi fácil. Foi preciso sedá-la e retirá-la nesse estado do quartel de polícia.

— E amanhã, quando acordar, como vão impedi-la que volte a Berlim?

— Já não pode voltar. Quando deportamos Max, informamos às autoridades que tínhamos informações inquestionáveis de que a volta dessa moça a Berlim poria sua vida em perigo, e lhes demos a entender também que, graças a ela, tínhamos detido dois agentes alemães suspeitos de ter assassinado algumas semanas atrás, em Paris, uma cidadã francesa chamada Antoinette Sevres.

— Encontraram os assassinos de Antoinette? E essa moça lhes deu a pista para pegá-los?

— Quem deu a pista foi seu marido. Max os tinha localizado e identificado. Já vê que começou bem sua colaboração conosco.

— Max tinha me dito que achava que os assassinos eram policiais franceses.

— Deve ter dito com toda a certeza para não deixá-la inquieta. Eram agentes alemães.

— E essa pobre moça? Os nazistas acham que é responsável por isso?

— O certo é o que a gente acredita que é certo, Cláudia. E essa manobra garante que, seja qual for a verdade, o governo alemão veja essa moça como inimiga. E é isso que Max queria: que a filha estivesse a salvo. Como também queria você salva.

— E ela, o que acha de tudo isso?

— Ainda não sabe. E não creio que se alegre muito ao sabê-lo.

— E que digo a ela quando acordar?

— Primeiro e principal: não lhe diga que Max é seu pai. Ela não sabe, e Max prefere que ela nunca saiba, para que não se sinta culpada achando que seu pai se sacrificou por ela. Ele não lhe disse nada quando se despediu dela. Deixamos os dois a sós por um tempo para que pudessem... Bem, você sabe. Seu marido deixou-a a seus cuidados.

— Por quê?

— Disse que você entenderia.

— Disse isso? Que eu entenderia?

— Disse, sim. Que não havia outra pessoa, e que você entenderia.

— E como vou entrar em contato com ele?

— Eu farei a ligação entre vocês.

— Você vai me trazer mensagens dele?

— Sempre que possa.

— E se os nazistas ganharem a guerra?

— Não haverá essa hipótese, Cláudia.

— Mas se vocês perderem a guerra —

— Eu me encarregarei de vocês duas. Prometi a seu marido que ajudaria ambas a escapar. Mas não haverá necessidade disso.

— Por que você está fazendo isso?

— Como assim?

— Servir de mensageiro.

— É parte do acordo com Max.

— Não é verdade. Ninguém se oferece, como você se ofereceu, para se encarregar de... Ninguém. Todos esses esforços que faz para nos salvar...

— Estou tentando salvar muita gente nas mesmas condições, Cláudia.

— Alemães?

— Não me pergunte mais nada.

— Continuarei perguntando até que me diga o motivo dessa preocupação fora do comum —

— Seu marido me disse que você é especial. Que pode até ler o pensamento das pessoas. Não pode ler os meus?

— Max sempre exagera. Não é preciso ir muito longe: nunca adivinhei que ele tivesse uma filha. E ainda é difícil para mim acreditar nisso.

— Todos temos algum segredo para ocultar.
— Qual é o seu?
— Tenho de ir agora, Cláudia.
— Quando voltarei a vê-lo?
— Logo que eu saiba de Max.
— Você está encarregado dele?
— Não me faça mais perguntas.
— Max está em seu poder?
— Cláudia, por favor.
— Preciso saber! Preciso entender por que você faz isso, por que quer nos salvar. Preciso saber se posso confiar em você.
— Pode confiar em mim.
— E você, por sua vez, não poderia confiar em mim?
— Não é o momento para falar disso.
— Talvez seja precisamente o momento para que você comece a confiar em mim.
— Na semana que vem passarei por aqui.
— Não, não, você não pode ir até que —
— Trarei notícias de Max.

Cláudia deixa passar um bom tempo antes de voltar a falar, olhando-o primeiro nos olhos, depois de alto a baixo, como se tomasse a medida dele. Só então falou:

— Faça o que tiver de fazer.
— Posso pedir-lhe uma coisa antes de ir?
— Que coisa?
— Se pudéssemos nos tratar de você...

Ela responde sem a menor vacilação:

— Como quiser.

Chegando ao umbral, ele se volta e de novo se dirige a ela:

— Uma coisa mais, Cláudia. Posso dizer a Max que você vai cuidar dessa moça?

— Como se fosse minha própria filha — diz Cláudia.

(E isso é tudo?

Termina assim esta história?

Sem outra palavra de Max? Com sua voz tragada pela neblina da noite?

E, se não podemos ouvir o que diz, que possibilidade temos de imaginar os milhões de outros mortos que se perderam? Que possibilidade temos de estar próximos dos viventes, os milhões de misteriosos seres viventes que sofrem afastados de nós, em silêncio, e que talvez estejam sonhando um sonho diferente, melhor do que a vida que vivem neste mesmo momento?

Como vamos nos comunicar com os que não deixam nem sequer um rastro atrás de si?

É assim que termina toda história? Assim é que termina esta também?

Com Max morto ou prestes a morrer? No melhor dos casos, uma vítima? No pior, um traidor?

Ou existe um modo pelo qual eu possa ser leal a ele, agora que estamos chegando ao desenlace?

Será possível ainda que eu entre em contato com ele uma última vez, e ouça as palavras derradeiras desse homem que morreu há tantos anos, nesse país cujo idioma não falo? Serei capaz de transcrever a hora final, as palavras murmuradas nessa hora final, por um homem que certa vez teve confiança em mim?

Mas quem pode garantir que Max, agora que o ouvimos além do tempo e da morte e da linguagem, não nos chamou em um momento anterior a nosso próprio nascimento? Quem pode afirmar com ciência certa que Max não tenha existido tal como o sonhamos?

Quem pode jurar que nosso irmão Max não disse estas palavras finais para que o ouvíssemos na noite que se torna a cada dia, a cada hora, a cada instante mais profunda?)

Boa noite, Susana.

Você deve perdoar que eu tenha rompido minha promessa, que a tenha forçado a entrar nos meus sonhos novamente, depois de tanto tempo.

Asseguro-lhe que é a última vez.

Você não responde. Eu suspeitava que não me responderia.

Você compreenderá que seu silêncio me dói. Claro que foi você que me explicou, há tantos anos, em sua primeira visita, que entender alguma coisa não significa necessariamente que doa menos.

Já lhe mandei dizer através desse Michel Bernard, numa carta, mas quero que saiba diretamente pela minha boca: não a traí, Susana. Qualquer pessoa que escutasse esta história acabaria por acreditar na minha traição. Mas tudo o que fiz, tem de acreditar em mim, foi para salvá-la. Se a tivesse deixado voltar para a Alemanha, se não tivesse chegado a um acordo com os franceses para que a impedissem de subir no trem, agora estaria morta. Ou, como nós, esperando a morte.

Prefiro não dizer-lhe como esses senhores da dor teriam tratado seu formoso corpo, o que teriam feito com esse corpo maravilhoso que pude conhecer durante aquelas escassas horas, que agora me parecem quase inexistentes, naquela cela em Paris em que nos fecharam para que eu pudesse me despedir de você. E uma coisa mais importante ainda: sua filha não teria nascido. Sim, sei que você tem uma filha e que se chama Vitória. Martim me contou, quando o trouxeram aqui, mais morto do que vivo. Por isso é que eu precisava que você entrasse de novo em meus sonhos, até mesmo contra a sua vontade, por uma última vez.

Sei que não foi esse nosso acordo. Sei que lhe prometi que, se me desse essa única noite, eu a deixaria livre para sempre, não voltaria a pedir-lhe nada nunca, nem sequer a convocaria outra vez para os meus sonhos. Creio que foi essa última parte da promessa que a convenceu, na escuridão tão absoluta de nossa cela na França: *De verdade, você estaria disposto,* você me perguntou, uma sombra vinda das sombras, *a sacrificar todas as minhas visitas em todos os seus sonhos futuros?*

Todas, respondi. E talvez não seja tão grande o sacrifício. Resta-me pouca vida.

Como você pode ver, eu tinha razão.

Segure-me a mão, Susana, segure esta mão que naquela noite você guiou até os botões de sua blusa, e siga-me. Não temos muito tempo. Não sei por quanto tempo poderei me manter dormindo. Surja do outro lado da cortina de meus olhos fechados e aí me verá, num desvão do sótão onde eles mantêm encerrado meu triste corpo. Sou o único que dorme. Os outros condenados à morte, especialmente Martim, não podem acreditar que eu queira ou possa estar dormindo quando resta tão pouco tempo para o amanhecer, para o momento em que percorramos a passo lento esse corredor e enfrentemos o pelotão que nos executará. Está vendo Martim? Vê a foto de Vitória em sua mão? Agora que acredita que não o estou vendo, veja como ele sorri para essa foto que você mesma lhe enviou, ouça como murmura as coisas desencontradas que um homem diria a uma filha que não viu nascer e que tampouco verá crescer, veja como ele devora a foto, como se quisesse gravar a imagem dessa menina dentro dos olhos, como se quisesse assegurar-se de que a menina o acompanhará quando chegar o momento de enfrentar o pelotão de fuzilamento, com a esperança de que ela lhe dê forças quando vierem nos buscar.

É por causa dela que tive de entrar em contato com você. Preciso saber, Susana, se Vitória foi concebida naquela noite na França, ou se já estava em seu ventre quando você teve a generosidade de não deixar que um homem que a tinha amado durante vinte e cinco anos morresse sem tê-la conhecido, sem ter provado de seu corpo.

Sei que nasceu muito pequena. Tão pequena que esteve a ponto de não sobreviver, segundo Martim, quando tiveram de fugir precipitadamente, na queda de Paris. Sei que nasceu tão pequena que poderia ser, na realidade, de sete meses, poderia ter nascido antes do termo, como tantas outras coisas na minha vida. Sei que você escolheu chamá-la Vitória — e gosto desse nome, gosto que a tenha chamado assim, justamente para indicar sua fé no futuro, naquele momento em que tudo em volta de você era derrota e os nazistas avançavam para Paris. Gosto de pensar que finalmente ganharemos esta guerra e que talvez, no futuro, outros homens e outras mulheres poderão criar um mundo em que nunca mais haja sótãos como este, muralhas como as que agora nos encerram. Porque não posso deixar de perguntar-me quão diferente teria sido tudo se tivéssemos nascido em outra época, uma época sem guerras, nem miséria, nem medo, nem campos de concentração. Se tivéssemos nascido trinta anos depois e em outro país. Ou me pergunto se é inevitável que esta última cena entre nós esteja condenada a repetir-se outras vezes através dos séculos, cada vez que alguém como eu sonhe com alguém como você. Ou se nossa desgraça está determinada não pela época em que nascemos, mas pelos corpos que habitamos nessa época. Que destino nos está reservado, que poder temos, como estamos dispostos a usar esse poder?

Se eu tivesse nascido francês, como Michel Bernard, se tivesse sido como ele um alto funcionário da inteligência francesa, se eu tivesse encontrado uma foto sua quando interrogasse um resistente alemão, como ele encontrou uma foto de Cláudia, esta história seria outra. E eu estaria agora seduzindo essa mulher. Teria dado proteção a ela e à mulher que eles chamam de Bárbara e à filha de Bárbara. Teria organizado a fuga de Paris quando chegaram os nazistas. E estaria agora com vocês no sul da França, esperando partir para o outro lado do oceano. Não sei se Michel Bernard sonhou com Cláudia antes, como sonhei com você. Ou se se apaixonou por ela quando viu sua foto no interrogatório. Não sei se tinha cruzado com ela antes, em algum esplêndido dia parisiense, e nos vigiava desde então esperando sua oportunidade, e planejou tudo para ficar limpamente com ela, incluindo nossa prisão em Paris e minha deportação para

Berlim, incluindo a morte de Antoinette e quem sabe se a traição dos membros clandestinos de nossa Organização. Ou se tudo isso não é mais que outro desses contos de Xerazade com que me entretenho na escuridão deste sótão em que nos mantêm há tantos meses. O certo é que agora Michel Bernard está junto de vocês, porque ama Cláudia. E por isso mesmo vai protegê-la e à sua filha. E quando chegar, em breve, a notícia de minha morte, vai se casar com aquela que foi minha mulher. A mim, no que me toca, coube-me apenas a sorte de um sonho. Como para a maioria da humanidade. Coube-me este sonho dentro do qual lhe falo, este sonho no qual você não me responde, este sonho em que comparo sua boca que me sorri com a boca sorridente de Vitória na foto.

Se tivesse conseguido distinguir a certeza de minha boca na boca da menina quando Martim me mostrou essa foto, meus olhos em seus olhos, qualquer traço que sugerisse que eu era o pai dessa menina, acredite-me que jamais a teria trazido até este lugar terrível. Mas à luz imprecisa deste sótão a foto só respondeu às minhas perguntas com outras perguntas, e a presença de Martim ao meu lado, vendo como eu devorava essa foto, foi me forçando, apesar de meus próprios desejos, a descobrir no rosto da menina não apenas traços meus, mas também traços dele, certo ar incerto de qualquer dos dois.

Claro que, com o tempo, Vitória irá se parecendo mais e mais com Martim. Quando, daqui a alguns anos, a menina puder olhar-se no espelho, e o interrogue para achar os traços de seu pai, verá só os traços de Martim, porque isso é o que estará procurando. Esse Martim que você terá oferecido a ela, o pai lendário de que falarão

Cláudia e Michel Bernard, quando Vitória for em busca de mais histórias com seus tios. Mas é possível que, em algum momento, por trás de seus próprios olhos no espelho, Vitória veja o eco dos olhos do tio Max, o esquecido primeiro marido de sua tia Cláudia, aquele que morreu na Alemanha ao lado de seu pai uns meses depois de ela ter nascido, os olhos que a olham de minha foto, que espero que Cláudia tenha em sua mesinha de toalete, e você também. A foto que talvez saiba falar a Vitória.

Porque você acredita que as fotos falam.

Você me disse naquela noite única em que finalmente cumpriu a promessa que me fez quando eu tinha 12 anos, aquela noite irreal na França em que me permitiu entrar dentro de você como tinha entrado em mim durante vinte e cinco anos. Nessa noite você me contou uma coisa que nunca me tinha contado em sonhos, e que também não contou nunca a Martim. Você tinhas as fotos de seus dez meninos na bolsa. E, ainda que estivesse tão escuro que não pudéssemos ver as imagens, foi me passando as fotos para que meus dedos as reconhecessem, e me disse, fazendo-me uma carícia vaga no cabelo, que quando chegássemos a Berlim me levaria para vermos o resto das fotos e também os meninos. E aquele foi o primeiro sinal de que talvez você quisesse continuar a me ver, de que me imaginava como parte do seu futuro. Claro que eu já sabia que você não voltaria a ver nunca mais aqueles meninos, e até suspeitava que, quando eu fosse vê-los, também não os encontraria. E a única coisa que pude fazer, Susana, foi mandar-lhe algumas das fotos que consegui salvar na casa em que você vivia com eles antes que a Gestapo a saqueasse, antes de ser eu próprio encarcerado. Naquela noite não lhe falei disso, do que se avizinhava. Preferi murmurar-lhe que agora entendia por que os meninos que você tinha escolhido tinham todos 12 anos e por que só escolhia meninos. Insinuei que com eles você repetia o gesto de amparo que tinha tido comigo em meus sonhos quando eu tinha precisamente essa idade. E pensei, mas não lhe disse, como era estranho que, apesar de todos os seus conselhos, você não tenha conseguido salvar-nos, nem a mim nem a eles. Porque nada nem ninguém poderia salvar esses meninos sonhadores num mundo de assassinos.

Mas disso você não sabia, naquela difusa noite na França, quando me explicou sua teoria sobre as fotos. Quando me contou em sussurros que sua mãe lhe dissera, quando você era pequenininha, que as fotos falam. Durante anos você tinha atribuído sua falta de sorte ao fato de que as fotos — toda foto — se calaram em sua presença. E estava certa de que a única coisa que as fotos esperavam para revelar seus segredos era que você saísse de casa. Às vezes você voltava sigilosamente do meio do caminho para ver se enganava as malditas fotos. Ou colava o ouvido à porta fechada da casa com a esperança de as surpreender conversando entre si. Então você jurou que seria fotógrafa, e que não guardaria o segredo das fotos para si, como sua mãe e os outros adultos tinham feito. Mas só quando começou a trabalhar com esses meninos pôde afinal ouvir a linguagem das fotos. Quando esse grupo de meninos começou a tirar fotos dos sonhos deles e fizeram com que elas falassem por você.

Agora que esses meninos já não estão aí, e que eu

também não estou, você dirá o mesmo à sua filha? Dirá a ela que as fotos falam? Ensinará com paciência a ela as perguntas que temos de fazer às fotos, aos sonhos, para que revelem sua vida oculta?

E o essencial, Susana: se algum dia sua filha topar com a reprodução amarelada do rosto de um homem que morreu muitos anos antes, se algum dia minha foto começar a sugerir à sua filha esta minha história que só você conhece, que fará? Se por acaso eu entrar nos sonhos de Vitória como você entrou nos meus, se eu murmurar algumas frases a ela, que fará? Fechará a porta do quarto onde estão as fotos que seus meninos de Berlim tiraram, quarto de onde essas fotos a olham das paredes, e fará Vitória jurar que nunca contará à tia Cláudia, dirá que ela tem de jurar que nunca dirá uma só palavra à tia do que vai confessar a ela? E depois dirá a ela que um dia você entrou no quarto de um hotel em Paris e o telefone tocou, e dirá a ela quem era o homem, que a estava chamando desde antes de você nascer? Ou dirá à menina que ela está imaginando coisas? Que não existe isso de as fotos falarem? Que os sonhos mentem?

Por isso lhe pedi que me viesse ver nesta noite. Para pedir-lhe um último favor neste último sonho meu da vida.

Estou quase para acordar. Sinto que alguém, do outro lado da realidade, me sacode o ombro. Você já está indo embora, está indo. Não importa que não tenha falado comigo. Pode ir, Susana, pode ir sem me dizer se sou o pai da menina. Não preciso saber disso. Quando abrir os olhos, eu me encontrarei com meu amigo Martim. Ele me ajudará a despertar e levantar-me do chão sujo. Não lhe direi uma palavra sobre este sonho, assim como não lhe disse nada sobre os sonhos anteriores, nem a ele nem a ninguém. Seria terrível se ele se sentisse traído por aqueles a quem admira e ama. Muitas provas já teve de suportar a fé maravilhosa na humanidade que Martim demonstrou na longa semana que compartilhamos em Paris: sem ir mais longe, a suspeita de que alguém nos traiu, a ele e a mim, alguém em quem confiamos e que nos entregou ao inimigo. Seria um crime tirar de Martim a fé que apesar de tudo ainda lhe resta, essa fé que continua anunciando aos gritos que o mundo não tem de ser necessariamente como é. Martim precisa dessa fé para enfrentar o que ambos teremos de enfrentar daqui a pouco, muito pouco.

Quanto a mim, preciso é de um gesto seu. Nem sequer preciso de palavras. Só um movimento quase imperceptível de seus olhos, ou de sua boca, que me dê a esperança de que, nesse dia em que sua filha se faça a pergunta sobre o seu passado, você terá a generosidade de contar a ela, ou talvez confirmar, a história verdadeira daquela noite em que sua mãe e seu pai inauguraram o universo para ela.

Estou certo de que você entende que não tenho mais ninguém no mundo a quem possa recorrer.

Basta-me um sinal muito leve e discreto antes de você ir embora: aperte-me a mão como se estivesse se despedindo de mim, diga-me, com sua mão na minha mão, que se está indo porque estou acordando, diga-me que não esconderá de Vitória essa história que já não posso contar sozinho, essa história que já não pode existir sem as suas palavras.

Ou vai permitir que nossa história morra comigo?

Este livro foi composto na tipologia Venetian
em corpo 14/15 e impresso em papel
Chamois Fine 80g/m² no Sistema Cameron
da Divisão Gráfica da Distribuidora Record.